KB183160

하루 또 하루

하루 또 하루

차례

당신의 새해를 축하합니다.

당신의 날들이
불꽃처럼 뜨겁기를.

당신의 시간들이
장미처럼 아름답기를.

당신의 삶이
별처럼 행복하기를.

당신의 소망이
해처럼 둥글기를.

당신의 사랑이
달처럼 꽉 차오르기를.

수선

우리 동네에는 옷 수선집이 있다. 오래된 단골집이다. 허름한 가게 문을 열면 핑핑 돌아가는 돋보기를 낀 할머니가 반긴다. "여기 이 부분이 찢어졌어요. 어떻게 해야 돼요?" 할머니는 "뭐하다 찢어 먹었어?" 하고는 이리저리 살펴보고 해결 방법을 찾아 주신다. "다른 천으로 덧대는 수밖에 없겠어. 표 안 나게 잘 고쳐 줄게."

수선은
내가 아끼는 것에 상처가 났을 때
그 흔적을 잘 가려 주고 덮어 주는 일.
새것처럼은 아니지만 그래도 쓸 만하게 고쳐 주는 일.

수선을 맡기고 돌아가는 길에 문득 생각한다. 우리 인생도 수선할 수 있다면. 눈물 나는 시간은 오려 내고 한숨 나는 시간에는 예쁜 천을 덧대어 인생을 수선할 수 있다면….

우리는 새해 첫날을 수선의 날로 삼을 수 있지 않을까.

원래 시간은 강처럼 경계가 없는 것이다. 어쩌면 인생을 재부팅할 기회를 주기 위해 시간에 간격을 표시해서 달을 나누고 해를 나눈 것인지도 모른다. 지난 세월 돌아보며 틀어진 곳 바로잡으라고, 해어진 곳 기워 보라고, 정 마음에 안 들면 다 포맷하고 새롭게 부팅하라고 새해는 존재한다.

January

February

March

April

May

June

July

August

September

October

November

December

악수

누군가와 악수를 해 보면 그 사람 마음이 체크된다. 손만 잡아도 그 사람이 나에게 어떤 감정인지 감이 온다.

어떤 이는 그저 살짝 피부만 댔다가 뗀다. 손이 머무르는 게아니라 지나간 느낌. 영혼 없이 차갑게 스친 손은 다시 잡고싶지 않다.

어떤 이는 손아귀가 뻐근할 정도로 힘을 줘서 악수한다. 나를 만나 기분이 좋은 것일까.

어떤 이는 손을 잡고 한참 흔든다. 친해지고 싶어 하는 그 마음 접수!

어떤 이는 강하게 손을 꼭 잡고는 한참 놓지 않는다. 많이 반갑고 많이 좋아하는 그 마음 저장!

차가운 손, 따뜻한 손, 두툼한 손, 가녀린 손…. 손에도 온도가 있고 표정이 있고 마음이 있다.

영혼 없는 메마른 악수는 사양. 슬픈 이별의 악수도 노 땡큐. 사랑과 존경을 담아 건네는 악수를 하고 싶다.

손을 잡고 악수를 나눈다는 건 마음을 나누는 일이다. 정감의 확인 작업이다. 손을 잡는 순간 자기 넋의 반을 상대방에게 건네준다는 옛말도 있다.

악수는
내 넋의 절반을 건네주는 일.

다가오는 시간 속에서 나는 누구의 손을 잡아 내 넋의 절반을 건네주게 될까. 누구의 손을 잡고 그 사람 넋의 절반을 받게 될까.

로그아웃

블로그에 들어갈 때면 로그인하라는 메시지가 뜬다. 동호회 카페나 친구끼리 만든 카페에도 '로그인'을 해야 들어갈 수 있다.

"로그인하시오."라는 명령어가 뜨면 아이디를 입력해야 하고 암호도 넣어야 한다. 그런데 머물렀다 나가는 로그아웃은 클릭 한 번으로 된다. 너무나 빠르게 처리된다. 들어가는 데는 과정도 있고 절차도 있지만 나가는 데는 아무 절차도 필요하지 않다.

돈도 마찬가지. 통장에 들어오는 것은 눈물겹게 어려운데 나가는 것은 너무나 쉽다.

직장인 사이에는 '월급 로그아웃'이라는 신조어가 통용된다. 월급이 들어오자마자 카드값이며 세금이며 월세며… 다 빠져나가 버리니까. 내 것이었던 적은 있나 싶게 빠져나간다. 만져 본 적도 없이 사라진다. 허망하다.

그런데 돈이 빠져나가면 마음이 아프지만 사람이 빠져나가면 영혼이 아프다. 마음이 아픈 것은 달랠 수 있지만 영혼이 아프면 약도 없다. 다른 데서는 몰라도 그 사람 마음에서만큼은 절대 로그아웃하고 싶지 않다. 아니, 로그아웃이 안 된다.

사람의 마음이 빠져나가는 로그아웃은
영혼의 깊은 상처.

컴퓨터처럼 전원을 끄지 않는다. 마음은 켜 둔 채 그냥 잠드니까. 꿈속에서도 만나기를 바라면서.

걸음걸이

사람마다 걸음걸이의 특징이 있다. 누군가는 땅에 쉼표를 찍으려는 것처럼 발바닥을 누르듯 걷는다. 누군가는 땅에 흔적을 남기지 않으려는 사람처럼 발바닥을 허공으로 날렵하게 솟구치며 걷는다. 누군가는 보폭을 크게 하며 달리듯 걷고 누군가는 좁은 보폭으로 천천히 걷는다. 그래서 멀리 다가오는 사람의 걸음걸이만 봐도 알 수 있다. 아, 그 사람이구나….

사람의 걸음걸이를 보고 신원을 확인하는 기술이 개발됐다. 흥미롭게도 걸음걸이가 지문의 역할을 하는 날이 왔다. 지문이 똑같은 사람은 단 한 사람도 없는 것처럼 걸음걸이도 똑같은 사람은 없다. 걷는 속도, 보폭, 무릎이 구부러지는 각도, 허벅지가 윗몸과 이루는 각도가 조금씩은 다 다르다. 아무리 복면을 해도 걸어오는 모습만 카메라에 찍히면 테러리스트인지 은행 강도인지 알아낼 수 있다고 한다. 직업과 성품까지도 걸음걸이에 나타난다는 것이다.

**걸음걸이는
내 인생의 지문.**

나의 걸음걸이는 세상에 어떤 지문을 남기고 있을까. 어떤 보폭으로, 어떻게 발바닥을 찍으며 걸어가고 있을까.

빠른 세월에 내 보폭을 맞추고 싶지는 않다. 비틀거리는 세상에 내 발걸음을 맞추고 싶지도 않다. 속도는 천천히, 보폭은 넓게, 팔은 조금씩 흔들며 어깨를 쭉 펴고 여유롭게 걷고 싶다.

January
February
March
April
May
June
July
August
September
October
November
December

실수

나이가 들어도 구김살 없는 외모는 가당치 않다. 그러나 나이가 들수록 마음에는 구김살이 없었으면 좋겠다. 나이가 들어도 해맑은 피부는 가당치 않다. 그러나 나이가 들수록 해맑은 미소는 욕심 난다.

나이가 들수록 실패는 두렵지 않다. 그러나 실수는 하고 싶지 않다. 나의 실수가 다른 이의 가슴으로 날아가 명중할 수 있기 때문에.

가벼운 농담 한마디가 사람의 마음을 아프게 한다면, 못난 질투로 괜히 사람 마음을 다치게 한다면 돌이킬 수 없는 실수가 될 텐데. "내가 그랬어요? 그래서 당신이 그때 그렇게 아팠단 말예요?" 나는 몰랐다고 한들 용서 받을 수 있을까?

실패는
어쩔 수 없는 삶의 흔적이지만
실수는
내가 마음을 조아리면
줄일 수 있는 것.

실패할지언정 실수는 하지 않게 해 달라고, 살아가면서 다른
마음에 상처 내지 않게 해 달라고 두 손을 모은다.

17

겨울새

공원을 산책하다가 메마르고 황량한 나뭇가지에 새 한 마리가 앉아 오돌오돌 떠는 게 보였다. 다른 새들이 다 남쪽 나라로 가 버린 이 땅에 저 새는 왜 홀로 남아 떨고 있는 것일까.

새의 눈망울은 그리움을 담은 듯 보였다. 그리움의 무게가 여행자의 짐처럼 날개 위에 얹혀 있다.

그 추운 날개에 내 목도리를 둘러 주고 싶다는 생각을 하던 차에 새는 갑자기 날아올라 텅 빈 하늘을 가로질러 가기 시작했다.

겨울새는
그리운 이의 편지를 기다리는 마음.

겨울새의 날갯짓은 그리운 이의 소식을 받고 그를 만나러 가는 빠른 발걸음이다. 세차게 날개를 저어 날아가는 새를 보며 겨울새의 전설을 떠올렸다.

아주 많이 그리워하다가 결국 그리움을 안은 채 죽은 이는 제일 먼저 새가 된다는 전설이 있다. 그 새는 윤회의 길목에 날개를 접고 앉아서 그리운 그 사람이 오기만을 기다린다고 한다. 같은 그리움을 가진 새들은 같은 날개를 가지고 다시 태어나고 그들끼리 무리를 지어 날아간다는 전설.

그 전설을 생각하면서 눈을 감고 길고 긴 그리움의 방황 길을 나서는 새들의 고독한 겨울 비행을 떠올린다.

눈 감으면 더욱 또렷해지는 마음의 지도. 그 지도 속에 누구의 마음이 어리는지….

January

February

March

April

May

June

July

August

September

October

November

December

엔진

증기 기관차의 엔진은 증기 게이지가 212도를 가리키기 전
에는 1인치도 움직이지 않는다. 충분히 뜨겁지 않으면 꿈쩍
도 안 하는 기관차.

우리가 사는 일이라고 다를까. 집 안의 난방도 좋고 차의 시
동을 걸어 엔진을 미리 덥혀 놓는 것도 중요하지만 인생의
엔진 역시 가동해야 한다.

인생의 엔진은 무엇일까. 주저앉고 싶은 날 나는 누구 때문
에 힘을 내서 일어났던가. 다 포기하고 싶은 날 나는 누구를
위해 다시 주먹을 쥐었던가. 그 누군가 때문에 아플 수도 없
고 그 누군가 때문에 절망할 수도 없다.

인생이라는 기관차를 움직이는 엔진은
다름 아닌 사랑.

선택

인간의 몸에는 소용되는 부분이 여섯 개 있다. 그중에서 셋은 우리가 지배할 수 없지만 셋은 자기 힘으로 마음대로 할 수 있다. 전자는 눈과 귀와 코이고 후자는 입과 손과 발이다.

눈과 귀와 코. 입과 손과 발. 모두 우리 몸에서 중요한 기관이지만 눈과 귀와 코는 우리 마음대로 움직일 수가 없다. 보고 싶은 것만 볼 수 없고 듣고 싶은 것만 골라 들을 수도 없다. 맡고 싶은 냄새만 선택해서 맡을 수도 없다. 보이는 것은 봐야 하고 들리는 것은 들어야 하며 냄새가 나는 것은 맡아야 한다.

공평하게도 우리 의지대로 할 수 있는 것이 있다. 입과 손과 발이다. 입으로는 말해야 할 것을 골라서 말할 수가 있다. 손으로는 내가 행해야 할 일만 할 자유가 있다. 발로는 내가 가야 할 곳을 골라서 디딜 수 있다.

내 의지대로 움직일 수 있는 입과 손과 발로 나는 지금 무엇을 하고 있을까? 해야 할 말을 하고 있는지, 행해야 하는 일을 하고 있는지, 가야 할 곳을 잘 선택해서 가고 있는지….

선택은
내 몸의 기관에 건네는 선물.

내 몸의 기관에게 가능하면 좋은 말을 하고 좋은 일을 하며 좋은 곳을 가는 선물을 주고 싶다.

오늘도 갈림길에 서 있다. 나, 지금 제대로 길을 고른 걸까? 나, 잘 가고 있는 걸까?

January

February

March

April

May

June

July

August

September

October

November

December

강

강은 언제나 혼자가 아니다. 강의 얼굴에 스며든 하늘의 얼굴까지 담고 있으니까.

하늘에 석양이 지면 강의 얼굴은 수줍음에 붉게 물든다. 하늘이 맑게 개면 강의 얼굴도 활짝 개어 푸르러진다.

강은 주변 풍경에 따라서도 그 얼굴이 달라진다.

종이배를 접어 띄우면
강은 희망.
풀잎을 따서 띄우면
강은 연애편지.

슬플 때 바라보면 강물의 살결들이 아프게 부딪는 것처럼 보인다. 마음이 맑을 때 바라보면 찰랑찰랑 꽃잎끼리 살을 맞대며 흐른다.

마음을 담아 흐르는 강. 단 한 번의 휴가도 없이, 그러나 원망의 소리 내지 않고 언제나 조용히 흐르는 강.

강 같은 사람과 친하고 싶다. 마종기 시인의 시 「우화의 강」에서는 사람이 사람을 만나 서로 좋아하면 두 사람 사이에 물길이 튼다고 했다.

생각할 때면 언제나 싱싱한 강물이 보이는 시원하고 고운 강과 같은 사람과 친하고 싶다.

당신으로 내 마음의 물결을 출렁이며 반짝이고 싶다.

몽당연필

어린 시절을 생각하면 연필 깎던 일이 떠오른다. 공부를 하기 전에는 늘 연필을 날카롭게 깎고 또 깎고… 간신히 마음에 들도록 다듬어 놓아도 한두 자 쓰고 나면 뭉툭해지고, 그래서 또 깎고… 그러고 나면 금세 몽당연필이 되고 말았다. 더러는 그 머리 부분이 자근자근 물어뜯긴 것도 있었다. 그건 또 어떤 불만의 표현이었는지.

연필 끝을 다듬듯이 삶을 손질하고 연필에 침 발라 가면서 숙제를 했듯 어렵게 어렵게 삶의 숙제를 풀어 본다. 순간순간 연필 끝을 깨물었듯이 마음에 안 드는 삶의 한 부분에 불만을 느끼기도 하면서.

연필이 몽당연필이 되어 가듯 우리 인생 또한 그렇게 점점

'몽당인생'이 되어 가는 건 아닌지…. 점점 짧아지는 연필처럼 우리 인생이 자꾸 짧아지고 있다.

하지만 쓸쓸해할 필요는 없다. 연필은 키 작은 꼬마가 되어 버렸지만 그동안 쓰인 글씨들이 공책에 남은 것처럼 추억도 가슴에 고스란히 간직되어 있으니까.

몽당연필은
종이에 추억을 남기고 스러지는 인생.

갈망

꿈에 목말라 하는 것. 누군가를 사무치게 그리워하는 것.

그 사람의 모든 것을 내 마음 안에 채우고 자물쇠를 걸고 싶은 마음. 꼭 이루고 싶은 꿈이 멀어서 사다리를 타고 오르는 꿈을 꾸는 것.

충분함이 없는 상태. 언제나 사막을 걷는 듯 쓸쓸하고 고독한 상태.

그리운 사람은 어느 거리에 있을까. 꿈은 어느 공중에 걸려 있을까. 마음에 걸린 애달픈 꿈이자 사랑. 하지만 떼어 내지 않으리. 품고 잠들고 품고 깨어나리. 품고 눈 밑이 젖고 품고 아파하리.

갈망조차 없다면 마음은 사막일 테니까.

갈망은
꽃에 맺힌 이슬.

January

February

March

April

May

June

July

August

September

October

November

December

바람

개나리가 오스스 떠는 봄의 담벼락 밑에, 바다가 허옇게 거품을 뿜으며 기절하는 여름의 해변에, 낙엽들이 새 떼처럼 허공을 가로지르는 가을의 숲속에, 휴지 조각들이 을씨년스럽게 날아오르는 겨울의 공터에 바람은 출몰한다.

생각 없이 걸어가는 발걸음에도 바람은 다가온다. 바람은 그만 주저앉고 싶은 마음을 쾅쾅 두드린다. 그래서 일어나 나아가게 한다.

이별한 마음을 두드릴 때는 아프다. 그러나 곧 머릿결을 파고들어 속삭인다. 아픔은 지나가는 거라고. 훌훌 벗어나라고.

바람은 그리움을 두드린다. 보고픔을 깨운다. 영혼을 흔들어 추억의 창을 연다. 그래서 바람이 부는 날이면 그리운 이를 향한 깃발이 드높아진다. 깃발이 흔들리는 쪽으로 걸어가게 한다. 발걸음이든, 그리움이든.

바람은 타악기.

내 마음을 쾅쾅 두드리는 타악기다. 때로는 아름답게, 때로는 박자를 무시하고 제멋대로 두드리는 타악기다.

January

February

March

April

May

June

July

August

September

October

November

December

순수

달맞이꽃은 기다림의 꽃. 밤에 피었다 아침이면 스러지는 부질없는 기다림의 사랑. 속절없는 사랑.

달빛이 은은한 밤 초가지붕 밑에 수줍게 피던 달맞이꽃은 소리 내서 사랑을 말하지 않는다. 소리 죽여 감춘다. 아름다움을 화려하게 드러내지 않는다. 수줍게 꼭꼭 숨긴다.

누군가의 시선이 닿으면 볼을 붉힌다. 한마디 반항도 못하고 그저 속앓이를 하며 가슴속 불을 참아 낸다. 사랑을 잃고서도 소리 내어 울지 못하고 속울음을 운다.

기다림으로 노랗게 바랜 꽃, 그리움으로 고개 숙인 꽃. 내 마음속의 노스탤지어, 팔랑팔랑 손 흔드는 아련한 순수.

순수는

사느라 잃어버린

달맞이꽃.

인생

어린 시절 한참 재미있게 놀다가 저녁 무렵이 되면 이 집 저 집에서 아이들을 부르는 소리가 난다. "밥 먹어라!" 하는 소리가 들리면 같이 놀던 친구들은 각자의 집으로 찾아 들어간다. 아이들이 놀던 장소에는 어지럽게 소꿉놀이하던 것들과 딱지치기, 구슬치기하던 것들이 남겨진다. 그들이 놀던 발자국과 함께.

우리 인생도 그런 것.
누군가 부르는 소리가 들리면
각자 맡은 역할을 끝내고
뿔뿔이 흩어져
각자의 집으로 들어가 버리는 것.

이 세상의 삶을 전쟁이라고 표현한 작가도, 마라톤이라고 말한 철학자도, 한바탕 잔치라고 묘사한 시인도 있다. 하지만 생각해 보면 인생은 어린 시절 올망졸망 모여서 너는 엄마 해라, 나는 아빠 할게… 흙으로 밥하고 풀잎 따서 반찬 만들던 소꿉놀이가 아닐지.

위안

어렸을 때는 몸에 아주 작은 상처만 나도 덜컥 겁이 났다. 손가락에 조그만 생채기만 나도 눈물을 터트리고 무릎이 까지면 울음이 났다. 사실 아파서라기보다 겁이 나서 울음을 터트렸던 것 같다. 어린 시절에는 그렇게 눈에 보이는 상처 때문에 울었다.

하지만 다 자라서 성인이 되니 보이는 상처에는 그저 덤덤하다. 손가락을 베거나 무릎에 상처가 나도 울지는 않는다. 그런데 갈수록 눈에 보이지 않는 마음의 상처에 울게 된다.

어릴 때는 겉으로 소리 내어 울기라도 했지만 어른이 되어서는 겉으로는 웃으며 속으로 운다. 그럴 때면 위안이 필요하다.

36

위안은

어린 시절 상처가 난 손가락에

호, 하고 불어 주던 어머니의 입김.

1월의 마지막 날이다. 아직 시동도 안 걸었는데 벌써 한 해의 12분의 1이 지났다. "그래도 음력으로는 아직 새해가 오지 않았어!" 이런 귀여운 위안도 때로는 필요하다.

마음의 상처에 어머니의 입김 같은 위안을 주는 일은 내가 해야 한다. 스스로 괜찮아, 다 괜찮아… 따뜻한 입김을 불어 주는 1월의 마지막 날.

January

February

March

April

May

June

July

August

September

October

November

December

외출을 하려다 말고 돌아와
털외투는 벗고
가벼운 외투로 바꿔 입게 되는 달.

'벌써'라는 말이 가장 잘 어울리는
키 작은 달 2월.

비어 있던 세상이
화사한 생명으로 채워지는 달.

괜스레 마음을 술렁이게 하는
분홍 노을이 아름다운 달.

낙타

우리가 살아가는 일을 낙타가 사막을 건너는 일에 비유하기
도 한다. 낙타는 바람 부는 모래언덕에서 무거운 짐을 진 채
끝없이 걸어야만 한다.

그런데 낙타는 죽음과 맞서는 신비한 힘을 자기 속에서 얻는
다. 낙타의 등에 달린 혹은 기름으로 이루어져 있는데 사막
을 여행하는 동안 몸에 수분이 극도로 부족할 때 그 지방질
이 물로 바뀐다. 또 낙타의 속눈썹은 유난히 길어서 모래바
람을 이겨 내고 앞으로 나아가는 힘이 되어 준다.

어떤 불가항력에 맞서서 마침내 무릎을 세우고 일어서야 하
는, 그래서 끝없는 사막을 걸어가야 하는 낙타의 숙명. 우리
가 사는 모습과 많이 닮았다.

낙타는

사막을 건너는 법을 가르쳐 주는

인생의 스승.

인생의 사막을 건너는 방법은 외부가 아니라 자신 속에서 찾
아야 한다는 사실을 낙타에게서 배운다.

January
February
March
April
May
June
July
August
September
October
November
December

시선

시력으로 보는 것과 시선으로 봐야 하는 것이 따로 있다.

시력으로 보는 것은 눈으로 하는 '응시'의 대상이다. 시선으로 보는 것은 마음으로 하는 '관찰'의 대상이다.

꽃도 피고 낙엽도 지는데 피는 꽃을 보는 사람과 지는 낙엽만 보는 사람이 있다. 어두웠던 과거만 기억하는 사람도 있고 미래의 희망을 보는 사람도 있다. 돈을 벌 생각만 하는 사람이 있고 사람을 얻을 생각을 하는 사람도 있다.

시력이 좋은 사람과 시선이 맑은 사람은 그렇게 다르다.

시선은

세상을 아름답게 보는 창.
사람을 따뜻하게 보는 창.

시선의 창을 맑게 닦고 세상을 관찰하는 사람, 늘 포근한 미소로 사람을 보는 이는 최고의 성능을 자랑하는 초강력 시선을 가진 사람이다.

입춘

선조들은 입춘을 새해에 세운 계획을 다시 한번 다짐하는 날로 삼았다.

입춘이 되면 집집마다 대문이나 문지방에 입춘방立春榜을 써 붙이기도 했다. "입춘대길", "입춘대길 건양다경"이라고 써 붙이며 집안에 좋은 일이 많이 생기기를 기원했다.

입춘 절기인 15일간을 3후候로 나눈다. 첫 5일은 동풍이 불어 언 땅을 녹이는 기간, 그다음 5일은 겨울잠을 자던 벌레가 움직이기 시작하는 기간, 나머지 5일은 물고기가 얼음 밑을 돌아다니는 기간이다.

봄이 땅속에서 이미 준비 운동을 시작한 셈이다.

봄에는 뭔가 시끄러운 소리들이 난다. 바람이 나무를 흔들어 깨우는 소리도 있고 꽃과 잎이 자기 자리를 찾느라고 수선거리는 소리도 있다. 새싹이 머리를 자꾸 흙으로 들이밀며 서로 부딪치는 소리도 있고 겨울잠을 자던 동물들의 기지개 소리도 있다. 동네 아이들이 놀이터로 나와 뛰노는 소리도 있고 삶의 현장에서 일에 매진하는 소리도 있다.

입춘은
자연과 사람이 모두 일어서
활개를 치는 날.
아직 자연의 봄은 멀지만
마음으로 서둘러 봄의 기지개를 켜 보는 날.

완결

프리드리히 뤼케르트의 「난 너를 사랑하노라」라는 시의 화자는 행이 바뀔 때마다 "난 너를 사랑하노라."라고 외친다.

"난 너를 사랑하노라.
너를 사랑해야만 하기에.
난 너를 사랑하노라.
어찌할 수 없는 운명이기에."

그러다 마지막 행에 이르러서는 이렇게 고백한다. "너를 사랑하는 것이 내 삶의 실존"이라고.

그 사람을 사랑하는 이유를 물으면 젊은 사람들은 주로 이렇게 말한다. 예뻐서, 잘생겨서, 키가 커서, 날씬해서….

그렇게 육체적 조건에 급급하던 시기를 지나면 능력이나 성공에 점수를 더 주게 된다. 유능해서, 자기 일을 사랑해서, 전문직이어서….

그러다가 나이가 더 들면 마음이 보이기 시작한다. 착해서, 편안해서….

나중에는 동정심이 사랑의 조건이 되기도 한다. 불쌍해서, 연민이 생겨서….

그런데 오랫동안 함께 살아 온 부부들은 몸에 대한 신비가 사라지면서 그 사람의 옷깃에서 먼 생을 스치는 인연을 느끼게 된다고 한다. 조건과 기준을 다 떠나서, 모든 신비가 다 사라지고 난 후에, 그 사람이 멀고 먼 옛날부터 이어져 온 인연의 고리처럼 느껴지는 경지에 이르는 것이다.

사랑의 완결은
내가 그 사람인지 그 사람이 나인지 모르는 경지.

January
February
March
April
May
June
July
August
September
October
November
December

허풍

계절이 바뀌는 시기에는 '허풍'이라는 바람이 분다. 환절기
에만 잠깐씩 부는 바람이다.

참나무 허리를 경계로 위쪽으로 부는 바람과 아래쪽에서 부
는 바람은 서로 방향이 다르다.

허풍은
오는 계절과 가는 계절이 잠시 만나
손을 맞잡고 악수를 나누는 동안
두 계절이 거느리고 다니는 바람이
허공에서 얌전히 스쳐 가는 것.

요즘이 그 허풍이 부는 계절이다.

지금 이 시간 북동풍은 나무의 어깨쯤을, 남서풍은 나무의
무릎을 지나고 있겠지.

어깨와 무릎으로 서로 다른 바람이 지나가는 것을 느끼며 나
무는 무슨 생각을 할까. 거리의 철학자 나무는 그저 말없이
가는 바람, 오는 바람의 이마를 가만가만 쓸어 줄 듯하다.

짐

어린 시절 개미들이 떼 지어서 가는 모습을 물끄러미 바라보
던 기억이 난다. 개중에는 자기 몸보다 큰 먹이를 운반하는
녀석들도 있었다.

개미는 제 몸의 열 배 이상 무거운 것도 들어 올리는 괴력의
소유자다. 놀라운 점은 개미가 버거워하는 것이 아니라 그
짐에 몸을 의지하면서 나아간다는 사실이다.

개미가 제 몸보다 큰 먹이를 쉬지 않고 날라야 하듯 우리에
게도 평생 지고 날라야 하는 인생의 짐이 있다.

부양해야 할 가족이나 내 몸의 질병, 때로는 소중한 꿈조차
인생의 짐으로 얹힌다.

무거운 인생의 짐을 벗어 버리고 싶은 순간이 있다. 하지만 내가 짊어진 그 짐은 어쩌면 개미가 지고 가는 먹이와 같지 않을까? 짐을 디딤돌 삼아 나아가는 개미를 종종 떠올린다.

우리 등에 지워진 그 짐은
더 멀리 나아갈 수 있는 인생의 힘.
내 등에 지워진 짐은
내 일을 열심히 하게 만드는 에너지.

January
February
March
April
May
June
July
August
September
October
November
December

초대

지리산 주변 선비 고을의 세밑 풍습 중에 이런 게 있다고 한다. 섣달그믐날 작은 세배를 가면 어른들이 바가지를 하나씩 준다. 지난해에 섭섭했던 것, 원망했던 것, 불화했던 것… 이 모든 것을 바가지에 넣어 강물에 띄워 보내고 새로운 마음으로 새해를 맞으라는 뜻이다.

이치나 사리도, 잘잘못도 따지지 않고 안 좋은 일은 송두리째 물에 흘려보낸 뒤 순수한 새해에 첫발을 내디뎠던 선조들의 정신적 새해맞이가 여유롭고 멋있게 느껴진다.

세월에 금을 긋고 시간을 정해 놓은 건 지난 시간을 잊고 새 출발할 기회를 주기 위해서가 아닐까. 선조들의 새해맞이를 떠올리며, 새해 첫날을 안 좋은 지난 일은 다 잊고 좋았던 일은 잘 기억하는 날로 삼아 보는 건 어떨까.

내일이면 음력으로도 꼼짝없이 새해를 맞는다. 그래서인지 기다림이 깊어진다. 행복이 느껴지기를, 사랑이 다가오기를, 꿈이 이뤄지기를….

사실 기다리는 시간이 더 행복하다. 커피를 마실 때보다 커피를 끓일 때의 그 기다림이 좋고 여행도 계획을 세울 때가 좋다. 눈과 비가 오기를 기다리는 마음이 좋다. 올 한 해도 당신을 기다릴 테다.

초대는
기꺼이 기다리고 싶은 마음.

당신을 초대한다. 세상 모든 것을 낙관적으로 보는 아름다운 눈을 가진 사람, 인생을 존중하고 자신을 사랑하는 사람. 떠나 버린 사람과 이루지 못한 꿈 때문에 눈물짓는 우수 어린 사람, 고독하고 추운 사람. 당신이 나의 시간 속으로 다가와 주기를 기다리겠다.

바람개비

지금은 고드름을 먹지 못하지만 옛날에는 겨울이면 고드름
도 따 먹고 쌩쌩 눈썰매도 타고 눈이 오면 좋다고 여기저기
뛰어다녔다.

그러고 보면 겨울은 동심에 어울리는 계절이다. 볼이 빨갛게
얼어도, 콧물이 좀 흘러도 그저 웃으면서 즐거워하던 어린
시절에는 바람개비가 대단한 장난감이었다. 추운 줄도 모르
고 언덕에 뛰어 올라가면 이리저리 바람의 방향에 따라 세차
게 몸을 뒤척이던 바람개비.

바람개비는 가만히 두면 돌아가지 않지만 내가 들고 뛰면 세
차게, 신나게 펄럭였다.

어른이 되고 나서는 사람 마음도, 인생도 바람개비 같다는 생각이 든다.

바람이 언제나 한 방향에서만 불어오는 건 아니다. 북풍이 부는가 하면 서풍도 불고 어떤 때는 동에서, 남에서 일시에 바람이 몰아쳐서 내 마음의 바람개비가 방향을 잃고 이리저리 거칠게 회전한다.

바람개비는
바람이 불 때마다 흔들리고 회전하는
나의 인생, 나의 마음.

나부끼는 인생을 내가 어떻게 할 수는 없다. 이왕 그렇다면 내 마음 가는 대로 신나고 경쾌하게 흔들리는, 빛깔이 맑은 바람개비를 꿈꾼다.

바람개비는 혼자 돌아가지 않는다. 내가 들고 뛰어야 세차게 돌아간다.

January
February
March
April
May
June
July
August
September
October
November
December

밸런타인데이

초콜릿으로 사랑을 고백하는 밸런타인데이. 달콤한, 시커먼, 그래서 위험한 도발. 국적 불명의 명절이면 어떻고 과자 회사의 상혼이면 어떤가. 그 사람의 마음을 달콤하게 노크할 수 있다면 그걸로 오케이.

우리나라에도 밸런타인데이 풍습과 비슷한 게 있었다. 봄이 시작되는 경칩에는 서로 바라보기만 해도 열매가 열리는 은행을 남녀가 나눠 먹었다.

은행잎을 처음 본 독일의 문호 괴테는 이렇게 노래했다.

"잎은 하나이면서 둘인가,
둘이면서 하나인가.

아! 사랑은 저러해야 하는 것을."

멀리서 마주 보기만 해도 마음이 통하고 열매를 맺는 은행. 그 열매를 나눠 먹던 선조들의 사랑 방식. 입안에서 한때 달콤했다가 이내 사라져 버리는 초콜릿보다 더 오글오글 로맨틱하다.

신라 시대부터 있었던 정월 대보름의 탑돌이도 밸런타인데이와 비슷한 풍습이라고 할 수 있다. 남녀가 탑을 돌다가 눈이 맞아 마음이 통하면 사랑을 나누었던 달콤한 축제다. 그날 얻은 상사병을 '보름병'이라 했을 정도다.

달달한 고백의 날. 초콜릿을 입안에 넣어 오물거리는데 제목이 기억나지 않는 시구가 떠오른다. 초콜릿 속에는 쉽게 끌 수 없는 불이 담겨 있다는.

밸런타인데이는
뜨거운 마음의 난로를
달콤함으로 감싸 전해 보는 날.

속도

모든 것이 빠르게 달려가는 세상에서는 불안의 속도도 빨라진다.

사랑하는 사람에게 문자를 보냈는데 답이 없으면 안절부절못하다가 통화 버튼을 누르고 만다. 그 사람이 어떤 상황에 있는지 고려할 여유도 없이 그저 불안한 마음만 가득하다. 친구에게 이메일을 보냈는데 빨리 안 보거나 바로 답을 안 보내면 그 역시 불안해진다.

즉각 보내고 즉시 답을 바라고… 그렇게 마음조차 속도전에 뛰어들어 버렸다.

세월의 속도는

**마음의 빠르기에 따라 가속이 붙는
수동 변속기.**

마음이 급하면 세월도 빠르게 간다. 종종거리는 발걸음에 시
간도 합승한다. 내가 빨라서 세월도 빠른 것인데 세월만 야
속하다고 눈 흘겨 댄다.

빠른 세상일수록 마음의 기어는 전자동이 아니라 수동이었
으면 좋겠다. 천천히 기어를 조정하면서 기다리는 법을 배우
고 불안 대신 그리움을 키울 수 있으면 좋겠다.

January

February

March

April

May

June

July

August

September

October

November

December

관계

세상에는 아무리 노력해도 힘든 일이 있다. 수많은 격언이 쉽게 권하지만 내게는 너무나 힘들게 느껴지는 일. 원수를 사랑하는 일도 힘들고 나 자신을 아는 것도 힘들다. 야망을 품고 그것을 이루는 것도 힘들고 99퍼센트의 노력을 다하는 일도 힘들다.

그중에서도 가장 힘든 일은 사람과 사람 사이의 관계가 아닐까. 사물은 분해해 보면 어떻게 작동하는지 알 수 있고 날씨도 예보를 해 주니 예측할 수 있다. 기계에는 사용법이 있고 요리에는 요리법이 있지만 사람을 대하는 일에는 매뉴얼도 예보도 뚜렷한 학습법도 없다.

인간관계가 힘든 이유를 잘 생각해 보면 그 바탕에는 준 만큼 받고 받은 만큼 주려는 심리가 있는 것 같다. 그런데 우리가 사는 일이 법칙대로 딱딱 맞아떨어지지 않는다. 누군가에게는 늘 주기만 하고 누군가에게는 늘 받기만 하게 된다.

진정한 인간관계는 조건을 달지 않을 때 이루어진다. '내가 이만큼 해줬는데 이만큼 받아야지.' 하는 마음 없이, '내가 이렇게 열심인데 너도 열심히 해.' 이런 생각 없이 내가 좋아서 하는 것에 의미를 둬야 한다.

인간관계는
이자율 높은 저축.

내가 그에게 쏟아부을 때가 있다. 주기만 할 때는 힘이 빠지기도 한다. 그러다 내가 누군가에게서 받기만 하는 때가 오기도 한다.

지금 누군가에게 내어 주면 언젠가 누군가에게 받게 되는 것이 인간관계의 진리. 그러니까 그에게 무언가 주는 일은 가장 행복한 저축이다.

우수 雨水

가만히 보면 자연에도 배역과 캐릭터가 다 있다.

자욱한 안개는 속을 알 수 없는 미스터리 범인, 거리에 선 나무는 언제나 넉넉하고 사람 좋은 이웃 아저씨, 노을은 심장의 열정을 어쩌지 못하는 히피, 장미는 농염한 시선을 던지며 유혹하는 여인, 바람은 아무렇게나 장난치고 도망가는 개구쟁이….

세상은 여러 가지 캐릭터가 열연하는 한 편의 뮤지컬이고 오페라다.

우수, 아직 겨울의 폭정은 계속된다. 그러나 우리가 모르는 사이에 서서히 바람이 부드러워지고 기세등등하던 추위도 조금씩 겸손해진다.

꽁꽁 언 겨울 땅이 서서히 꽃들에게 그 자리를 부드럽게 열어 주고 꽃들은 꽃술을 열 준비를 한다.

우수는
겉으로는 강하고 냉정한 척하지만
마음은 여리고 따뜻한
아주아주 매력적인 캐릭터.

이렇게 좋은 날에는 인생의 무장을 해제한 채 가볍게 춤추고 싶어진다. 배경은 흐린 배경의 강가. 파트너는 까만 정장의 무드남! 의상은 몸에 딱 맞는 벨벳 드레스를 입고…

"셸 위 댄스?"

January
February
March
April
May
June
July
August
September
October
November
December

꽃샘추위

봄이 오기 전에 꼭 한 번 거치는 절차가 있다.

꽃샘추위.

나무에 새순이 돋아나다가 이크! 하고 놀랐을지도 모른다. 꽃 중에서도 성급한 꽃들은 꽃망울을 터트리다가 소스라쳤을 것이다.

꽃샘추위는 강물을 뒤척이게 하고 바닷속을 한 번 뒤집는다. 나뭇잎을 흔들어 일렁이게 하고, 사람들이 외투 깃을 세우고 스카프를 여미게 한다.

뒤척이게 하고 흔드는 꽃샘추위. 이 추위 덕에 바닷물은 더

깨끗해지고 강물은 더 깊어진다. 나무의 뿌리 역시 더 깊이
내린다.

꽃샘추위는
봄을 더 반갑게 맞이하라는
봄맞이 훈련.
꽃샘추위는
봄이 멀지 않았다는 증명서.

January

February

March

April

May

June

July

August

September

October

November

December

찻잔

유럽의 식당 메뉴에는 예술가의 이름이 많이 등장한다.

스페인에서는 '헤밍웨이의 한숨'이라는 와인을 마실 수 있
고 오스트리아 빈에 가면 '모차르트의 눈물'이라는 커피
가 있다. 로마의 '카이사르 샐러드', 영국의 '바이런 스테이
크'… 이렇게 예술가의 이름을 붙인 음식이 그곳을 명소로
만들기도 한다.

김춘수 시인은 누가 이름을 불러 주었을 때 의미가 되고 존
재가 된다고 했다. 오늘은 내가 마시는 찻잔에 나만의 이름
을 붙여 보면 어떨까.

찻잔에 사랑하는 사람의 이름을 붙여 본다. 두 손으로 따뜻

한 찻잔을 감싸 쥐어 본다.

찻잔은
차갑게 얼어붙은 마음을
따뜻하게 감싸 주는
나의 작은 난로.

대보름

정월 대보름 하늘에 뜬 달을 떠올리면 왜 허전한 이별이 따라 생각나는 것일까. 달은 쓸쓸하고 애잔한 정서를 안긴다.

도시의 보름달은 뾰족한 빌딩 지붕을, 시골의 보름달은 본능처럼 초가지붕을 떠올리게 한다. 청초하고 하얀 박꽃과 함께.

달빛이 내리는 곳에 함초롬하게 핀 박꽃은 사랑하는 사람을 잃어버린 흰 옷을 입은 여인 같다. 바람이라도 불면 낮게 흐느끼며 어깨를 들썩이다 달이 지면 같이 지고 만다. 그 자리에 오래되고 슬픈 그리움의 결정체처럼 박 하나를 남겨 두고서.

대보름은

누군가의 그리움이

박처럼 동그랗게 열린

대보름달을 보며

마음속 그리움을 들키는 날.

당신은 꼭 잘되었으면 좋겠다고

소망을 빌어 주는 날.

January

February

March

April

May

June

July

August

September

October

November

December

March

겨울에서 봄으로
'계절의 전환'이 이뤄지는 달.

입학, 이사, 승진, 개업…
'상황의 전환'이 시작되는 달.

시들었던 나무 둥치에
진액이 홍수처럼 흐르는
'생명의 전환'이 꿈틀대는 달.

어두운 장면에서 환한 장면으로
시들시들한 풍경에서 팔팔한 풍경으로
'소생의 전환'이 이뤄지는 달.

우리말로 하면 '물오름달'.
자연에 물이 오르고
생명력이 넘치는 달.

봄

명령이라도 받은 것처럼 일제히 자기 빛깔을 내며 피어나는
꽃들. 꽃 폭탄을 맞은 마음이 울렁거린다.

순간 사랑하는 사람의 안부가 궁금해진다. 잘 지내냐는 인사
를 건네고 싶어진다. 꽃이 지면 덜컥 가슴이 내려앉으며 그
의 안부를 단정 지어 버린다.

괜히 불안해서, 꽃처럼 홀홀 가볍게 떠나 버릴까 봐 두려워
서 조심스레 믿어 본다. 잘 지내고 있을 거야….

봄은 그렇게 바람처럼 애절하고 꽃처럼 예쁘다.

어머니는 돌아가시기 몇 해 전부터 당신 생에 봄이 몇 번 남

앞을까 하며 간절하게 봄을 사랑하셨다. 봄은 그만큼 좋고
그래서 애처롭고 안타깝다.

꽃, 봄, 첫눈, 미모, 젊음, 그리고 사랑. 끝이 있기 때문에 더
아름다운 것 중에는 봄이 있다.

영원히 붙잡아 두고 싶지만 시간이 가면 허망하게 사라져 버
리는 것 중에는 봄이 있다.

봄은 사랑.
봄은 당신.

소리

커피 내리는 소리가 빗소리처럼 들린다. 비 내리는 소리를 떠올리니 어머니가 도넛을 튀겨 줄 때 들리던 소리도 난다.

송나라 학자 예사는 듣기에 좋은 소리를 이렇게 나열했다.

소나무에 바람이 지나가는 소리, 시냇물 흘러가는 소리, 산새 우는 소리, 들에 벌레 우는 소리, 바둑돌 놓는 소리, 비가 층계에 떨어지는 소리, 차를 끓이는 소리, 아이들 노는 소리.

우리를 행복하게 하는 소리는 생활 속에서 얼마든지 찾을 수 있다. 크래커를 먹을 때 바삭거리는 소리, 따각따각 걸어가는 발자국 소리, 수돗물 떨어지는 소리….

그 소리에 실타래처럼 추억이 딸려 온다.

소리는
추억을 불러오는 리모컨.

봄이 됐으니 이제 밖에서 아이들 노는 소리가 즐겁게 들려올
것이다. 그 소리에 나의 어린 시절이 묻어날 것이다.

까르르, 누군가의 웃음소리에 행복한 시절을 호명한다.

그중에서도 가장 듣고 싶은 소리는 내 이름을 불러 주는 당
신 목소리, 나를 향해 불러 주는 당신 노랫소리.

3분

3분은 분명히 짧은 시간이다. 그래서 아주 짧은 시간 안에 간단히 할 수 있는 요리에 '3분'이라는 타이틀이 붙는다.

그런데 3분만 있으면 가능한 일은 생각해 보면 많다. 보고 싶은 사람에게 전화해서 보고 싶다는 말을 전할 수 있다. 부모님께 사랑한다는 말을 수십 번도 더 할 수 있다. 하늘을 보면서 크게 웃을 수 있고 기도를 할 수 있고 미워했던 사람의 손을 잡고 용서를 할 수도 있다. 시를 하나 읽을 수 있고 좋아하는 음악을 들을 수 있고 신나게 춤을 출 수 있고 차를 천천히 마실 수도 있다.

만일 마지막 3분이 내게 주어진다면 무엇을 할까. 사랑하는 사람에게 달려가기에는 모자란 그 시간에 전화를 걸어 그동

76

안 전하지 못한 고백을 한다면 누구에게 전화를 걸어 어떤
말을 할까.

사랑한다, 사랑한다, 사랑한다… 3분 동안 수없이 그 말만을
되풀이하고 싶은 사람, 있는지.

3분은
"사랑합니다."라는 고백을
수없이 하기에 충분한 시간.

January
February
March
April
May
June
July
August
September
October
November
December

지문

어느 시인은 사랑하는 사람에게 빌려 줬던 책을 들춰 보다가 보이지 않는 지문 위에 가만히 뺨을 대어 보았다고 썼다. 나는 앞에 앉아 커피를 마시는 그의 찻잔을 가만히 감싸 쥐어 본 적이 있다.

하나밖에 없는 그의 지문 위에 하나밖에 없는 나의 지문을 더한 순간, 깨달았다. 그의 흔적은 내 인생 곳곳에 지문처럼 묻어 있겠구나.

그리고 알게 되었다.

지문은
신상 명세가 아니라

수많은 사람 중
하나밖에 없는 존재를
기억에 각인하는 것.

January

February

March

April

May

June

July

August

September

October

November

December

빗소리

창문을 열어 빗소리를 들으며 그리스 가수 해리스 알렉시우의 노래를 듣는다.

"쓸쓸한 바람을 타고
비가 내리는 날은
내 응어리진 그리움도
서러운 비가 되어 내리고
아린 가슴이 뼈아픈 한숨 되어 흐르네.
사랑하는데도 함께할 수 없는 슬픔.
오늘처럼 비가 내리는 날이면
주체할 수 없는 그리움은
서러운 눈물로 흘러
골짜기를 지나고 강둑을 넘네."

듣다 보면 빗소리는 악기가 되어 노래를 파고든다.

빗소리는
메마른 사람의 가슴을 두드리는
하늘의 노크 소리.

삶에 부대껴 뒤로 미뤄 둔 추억들이 바스락거리며 심장 속 깊은 서랍에서 걸어 나온다. 이젠 잊어야지 애써 밀어냈던 기억, 이젠 잊었다 한숨을 토해 냈던 기억의 편린들이 빗속에서 걸어와 마음의 한복판으로 들어선다.

창가에 서서 빗소리에 스며드는 노래를 들으면 멀리서 신기루처럼 걸어오는 사람이 보인다.

맨발로 걸어 나간다.

그를 마중 나간다.

January
February
March
April
May
June
July
August
September
October
November
December

향기

눈으로 꽃이 피는 것을 볼 때보다 코로 꽃향기를 맡을 때 봄이 오고 있음이 더 크게 와닿는다.

시각은 느끼게 하지만 후각은 행동하게 한다. 시각은 보는데 그치지만 그녀에게서 나는 향, 그의 독특한 내음은 발길을 끈다.

봄의 어두운 골목길에서는 발소리를 죽여 가며 향기가 뛰어내린다고 노래한 시를 기억한다. 땅으로 뛰어내리는 꽃향기가 어두운 골목길에 가득할 때면 그만 마음이 분별없이 열려버린다고….

꽃이 피어나는 향기에 마음을 뺏기면 여행 가방을 꾸리게

된다. 현실이 발목을 붙들어 다시 푼다 해도 일단은 짐을 꾸
린다.

향기는
알 수 없는 그리움과 동경의 세계로 이끄는
거부할 수 없는 유혹.

버드나무

달콤한 고백을 깨물면 마음에서 꽃처럼 화사하게 터지는 날,
화이트데이.

고백을 품으면 제대로 사랑하고 싶어진다. 그래서 사랑하는
방법을 한 수 배우고 싶어진다.

버드나무는 여느 나무처럼 땅에 깊이 뿌리내린다. 한곳에 자
리를 정하면 절대 옮기지 않는다.

그 자리가 마음에 들지 않는다고 우울해하거나 슬퍼하는 일
도 없다. 녹색 잎이 살랑살랑, 기분 좋게 흔들거린다.

버드나무는 살아가는 일이 신나서 어쩔 줄 모르는 어린아이

January
February
March
April
May
June
July
August
September
October
November
December

처럼 보인다. 누가 돌보지 않는다고 해서 투정 부리는 일도
없다. 매일 나를 바라보지 않는다고 속상해하지도 않고 매일
보살피며 비료를 주고 마음을 써 주지 않아도 갈수록 무성해
진다.

버드나무는 열정으로 넘친다. 어떤 때는 종일 즐거운 춤을
추는 것 같고 어떤 때는 종일 노래를 부르는 것 같다. 어떤 때
는 또 하하 호호 온몸으로 웃는 것 같다.

한자리에 뿌리내리고 살면서도 산들바람에 나부낄 줄 아는
나무.

버드나무는
인생과 사랑에서
따를 자가 없는 고수.

한 사람의 마음 밭에 뿌리를 내리고도 언제나 새롭고 언제나
즐거운 사람. 행복의 반대말은 불행이 아니라 불만임을 잘
알고 불평 대신 노래를 부르는 사람. 그런 사람은 버드나무
의 제자다.

NG

드라마를 찍을 때 NG를 낸 배우는 "죄송합니다. 다시 할게요!"라고 외친다. 그러면 같은 장면을 다시 찍을 수 있다.

그런데 우리가 사는 일이 어디 그런가. 인생에는 NG가 없다. 어제가 마음에 안 든다고 해서 "죄송합니다. 어제를 다시 살아 볼게요." 할 수도 없고 방금 전 쏟아 낸 말이 마음에 안 든다고 해서 "죄송합니다. 아까 한 말 다시 할게요." 할 수도 없다.

NG가 없으니 순간순간을 잘 살아 내야 하듯 사랑 역시 NG가 없어서 언제나 'good'의 상태를 유지해야 한다. 사랑이 힘들지만 가치 있는 이유다.

애석하게도 인생에는 NG가 없다. 사랑에도 NG가 없다.

사랑과 인생의 NG는

Now, good!

지금 이 순간에 잡아야 하는

단 한 번의 기회.

70퍼센트

라디오에서 책 프로그램을 맡아 작가로 일할 때 출연자인 소설가 김중혁 씨에게 인생관이 뭐냐고 물었다.

"70퍼센트만 하자."
"100퍼센트를 해도 모자란데 왜 70퍼센트만 해요?"
"사랑도 일도 100퍼센트 쏟다 보면 넘어졌을 때 다시 일어나기 어렵잖아요. 70퍼센트도 많이 쏟는 거예요. 일어설 여지는 남겨 둬야 하는 거거든요."

70퍼센트는
내가 나에게 열어 주는 숨통 같은 것.
스스로 건네는 위로 같은 것.

유명인 자살 사건이나 돌연사를 다룬 뉴스를 접할 때면 또한 사람의 일화가 생각난다. 박찬욱 감독은 학교 숙제로 가훈을 적어 가야 한다는 초등학교 1학년 딸에게 이렇게 써 줬다고 한다.

"아니면 말고!"

사람은 누구나 노력을 다해도 실패할 수 있다. 그래도 그 결과에 너무 상처 받지 말고 훌훌 털어 버리라는 뜻이다. 어떤 일이든 목숨을 걸 것까지 있을까. 70퍼센트만 하자. 아니면 말고!

춘분

밤과 낮의 길이가 같아지는 날, 춘분이다. 이 날이 지나면 점점 하늘에서 태양이 차지하는 자리가 넓어지고 해의 힘이 강해질 것이다.

길어지는 태양의 시간을 자로 잴 수는 없다. 기술자의 미터기로도 재기 힘들다. 해가 얼마나 길어지는지는 눈길로 재는 게 역시 최고다.

관찰하는 눈으로 보면 하늘은 구경할 것이 참 많다. 다른 동물은 모두 얼굴을 아래로 향하고 땅을 바라보는데 사람의 얼굴만 정면을 향하는 것은 자주 고개를 들어 하늘을 보라는 메시지가 아닐까.

이제 하늘을 장식하는 태양에 우리 시선을 오래 두는 계절이
되었다.

춘분은
해님도 절반, 달님도 절반 담아
부드럽게 반죽한 것처럼
말랑말랑하고 따뜻한 날.

당신과 나도 더 하지도 덜 하지도 말고 뜨겁지도 차갑지도
말고 딱 절반씩 마음을 내어 주며 따뜻하고 부드럽게 사랑했
으면 한다.

그래서 원재훈 시인도 어느 춘분 날 이런 시를 썼나 보다.

"새순은 돋아나는데
아장아장 봄볕이 걸어오는데
당신이 그립다는 이유 하나만으로
나는 살고 싶어라"

January
February
March
April
May
June
July
August
September
October
November
December

옷걸이

옷걸이

정채봉의 에세이 『처음의 마음으로 돌아가라』에 이런 우화가 나온다. 세탁소에 갓 들어온 새 옷걸이에게 헌 옷걸이가 말한다. "너는 옷걸이라는 사실을 한시도 잊지 말길 바란다." 새 옷걸이가 묻는다. "왜 옷걸이라는 것을 그렇게 강조하시는지요?" 헌 옷걸이가 대답한다. "잠깐씩 입혀지는 옷이 자기의 신분인 양 교만해지는 옷걸이들을 그동안 많이 보았기 때문이다."

우리에게는 그렇게 '아주 잠깐 입는 옷'들이 있다. 한때의 성공, 한때의 영광, 한때의 지위… 이 모두는 잠시 빌려 입은 옷일 뿐이다.

한때의 실패, 한때의 시련, 한때의 추락 역시 잠시 입은 옷일 뿐이다.

옷의 특징은 언제든 벗어 버릴 수 있다는 것이다. 아니, 언젠
가는 벗어야 한다는 것이다.

그런데 그 옷이 마치 자신의 본질인 듯 교만하게 굴고 있지
는 않은가? 잠시 입은 그 옷 때문에 너무 좌절하는 것은 아닐
까? 지금 입은 옷이 화려하든 초라하든 그 옷은 언제든 벗어
버려야 하는 껍데기에 지나지 않는다.

옷걸이는
영광과 기쁨도,
시련과 슬픔도
잠시 머무는 공간.
내 본질은 빈 옷걸이.

그 옷걸이에 무엇을 걸까. 교만보다 겸손을, 불만보다 감사
를 걸고 싶다.

그냥

문득 친구가 그리워서 전화를 걸면 친구가 묻는다. "웬일로 전화를 했어?" 그럴 때 대답한다. "그냥…"

어머니를 뒤에서 안아 본다. 어머니가 묻는다. "왜 그래, 갑자기?" 그럴 때 대답한다. "그냥…"

어느 날은 고개를 들고 하늘을 본다. 눈물이 조금 흐를 것도 같다. 마음이 내게 왜 우느냐고 묻는다. 그럴 때 대답한다. "그냥…"

상상도 할 수 없는 사람을 사랑하게 됐다. 사람들이 묻는다. 그 사람을 왜 사랑하느냐고. 그럴 때 대답한다. "그냥…"

그리움 때문에 꼬박 밤을 새우거나 모두가 반대하는 꿈을 지 녔을 때도 "왜?"라는 질문에는 대답이 하나다. "그냥…"

알고 보면 "그냥"이라고 대답할 수밖에 없는 마음이 가장 진실하고 절박한 게 아닐까.

그냥은
내 마음이 나도 모르는 일을 시키는 것.
그 어떤 다른 대답도 할 수 없는 것.
그래서 진짜인 마음.

자서전

내가 걸어온 길을 돌아보며 자서전을 쓴다면 지금 이 시간의
느낌을 어떻게 적을까.

살아온 길을 담는 자서전은
내 삶의 오류와 진실이 보이는 기록.
그래서 앞으로 펼쳐질 길을
똑바로 걷게 해 줄
내 인생의 작은 역사.

어느 작가는 힘든 삶의 고비를 넘길 때마다 이렇게 중얼거렸
다고 한다.

"나는 지금 내 자서전의 가장 어두운 부분을 쓰고 있다."

가끔은 그렇게 멀찍이 비켜나서 현재를 과거화하는 작업도 필요하다. 이 터널만 지나고 나면 그때부터는 계속 밝을 것이다. 이 어려움만 지나고 나면 다 괜찮아질 것이다. 이런 희망과 달관이 살아가는 힘이 되어 준다.

내 자서전에서 지금 이 순간의 느낌은 어떻게 기록될까? 그 책에 등장하는 주요 인물은 누구일까?

January

February

March

April

May

June

July

August

September

October

November

December

간격

사람을 좋아하면 그에게 가까이 다가가고 싶은 것이 본능이
다. 하나에서 열까지 다 알고 싶어지고 그 사람의 일거수일
투족을 헤아리고 싶다. 그 사람이 나만 바라보기를 원하고
그 사람과 24시간 같이 있기를 꿈꾼다.

그러나 수많은 철학자가 사랑에도 방법이 있다고 조언한다.
사랑할수록 적당한 간격을 두라고.

간격은
역설적이게도
그와 나를 더 가까이 잇는 끈.

우주의 별들에는 사랑하는 방법이 숨어 있다고 한다. 달은

지구를 사랑하지만 부딪쳐 오지 않는다. 지구가 태양을 사랑한다고 해서 녹아들지 않는다.

사랑의 원리는 태양계 순환의 원리와도 같은 것이다. 무작정 가까이 다가가서 상처를 주는 것이 아니라 서로를 지켜 주며 적당한 간격을 유지하는 것이다.

그러나 그 간격은 얼마만큼이 적당한지 알기도 어렵고 지키기도 어렵다. 그래서 사랑은 이 지구를 드는 것만큼이나 어려운 일이라고 하는 걸까.

당신

한용운 시인은 상대의 마음을 알 수 없는 안타까움을 이렇게
노래했다.

"나는 당신의 눈썹이 검고 귀가 갸름한 것도 보았습니다.
그러나 당신의 마음을 보지 못하였습니다.
(…)
나는 당신의 둥근 배와 잔나비 같은 허리를 보았습니다.
그러나 당신의 마음을 보지 못하였습니다.
(…)
나는 당신의 발톱이 희고 발꿈치가 둥근 것도 보았습니다.
그러나 당신의 마음을 보지 못하였습니다."

'당신'은 '나'와 다른 주체다. 그래서 당신의 마음을 몰라 안

타까워진다. 그 마음을 몰라 안타깝고 뭔가 더 줄 수 없어 안타까운 존재가 당신이다.

당신이라는 단어에는 그를 향한 고마움이 고여 있다. 그래서 내 인생이 아닌 그 사람의 인생을 살고 싶게 한다. 부모님의 이름으로, 연인의 이름으로 살고 싶게 한다.

내 마음대로 살 수 없게 하는 당신은
어쩌면 자유의 반대말.

평소에는 얌전한 화장을 하던 사람도
빨간 립스틱에 손길이 간다.

보통 때는 넥타이가 칙칙한데
파스텔톤 넥타이에 시선이 간다.

자꾸 거울을 보고
안 하던 액세서리를 걸치고
문득 멜로 영화를 보고 싶어진다.

안 뿌리던 향수를 뿌리고
휴대폰 소리에 민감해지고
메일함을 하루에도 몇 번씩 열어 본다.

자꾸 하늘만 보게 되고
꽃을 보는데 괜히 한숨이 난다.

이 모든 증상이 '봄바람 바이러스'.

당신이 와 준다면
이 계절병이 나을 것도 같은데.

4월

만추晩秋라는 말은 흔히 하지만 만춘晩春이라는 말은 거의 안
쓴다. 그런데 4월을 맞고 보면 자연스럽게 만춘이라는 말이
떠오른다.

4월은
봄이 무르익는 달.
만춘의 시간.

개나리 꽃잎들은 실로폰 소리처럼 솟아오르고 하얀 목련은
팝콘이 튀어오르듯 솟아오르고 아지랑이도 땅에서 솟아오
른다. 만물과 함께 우리 기분도 절로 솟아오른다. 하늘은 더
크게 열리고 온갖 꽃이 수다스럽게 떠들고 바람도 눈치 없이
아무 데나 끼어드는 4월.

조금은 시끄럽고 조금은 수선스럽게 솟아오르는 4월에는 팔을 크게 흔들며 걷고 기분도 목소리도 한 옥타브 올려 본다.

누군가 "요즘 무슨 좋은 일 있어요?"라고 물으면 이렇게 대답해도 좋겠다.

"4월이잖아요!"

개나리

4월이 되면 어김없이 피어나야만 하는 개나리의 숙명. 개나리들은 한꺼번에 피어난다. 누군가에게서 "피어나라."라는 명령을 받은 것처럼.

아름답다는 찬사와 황홀한 눈길은 며칠에 지나지 않는다. 지고 나면 아무도 거들떠보지 않는다.

그러나 개나리는 허탈감을 걱정해서 꽃을 피우는 일을 거부하지 않는다. 오히려 절정이 한순간임을 잘 알기에 더 맹렬히 꽃을 피운다.

Golden bell, 금빛 종이라는 이름을 가진 개나리는 모여 있다가 바람이 불면 일제히 까르륵 소리를 내면서 종을 울릴 것 같다.

개나리는
수없이 많은 황금 종이
봄의 소리를 합창하는 꽃.
작은 꽃잎들이 더불어서
환하게 웃는 꽃.

January

February

March

April

May

June

July

August

September

October

November

December

목련

어머니는 한복을 입은 모습이 참 어울렸다. 행사가 있는 날 어머니가 한복을 입고 외출하려고 하면 나는 어머니 손을 잡고 가지 말라고 울었다. 어머니가 햇살 속으로 그만 사라져 버릴 것 같아서.

양산을 쓰고 햇살 속으로 걸어 나가는 어머니의 모습을 손차양을 만들어 눈부시게 바라보던 어린 시절이 생각난다. 목련은 그때의 어머니 모습을 닮았다.

가장 아름답게 피었다가 가장 처량한 모습으로 지는 꽃.

목련은 일생 시간의 모든 매듭을 아주 치열하게 살아낸다.

우선 꽃을 피우는 일에 최선을 다하다가 짧은 한철이 지나면 비바람에 서둘러 꽃잎을 내려놓는다. 그리고 며칠 후에는 가장 눈부신 연두색 이파리를 세상에 내놓는다.

겨울바람과 꽃샘바람을 이기고, 변덕스러운 봄바람에 자주 흔들리면서도 꿋꿋이 아름다움을 키워 나가다 미련 없이 생을 내려놓는다. 한평생 악한 구석 없이, 미운 사람 없이 살아 냈던 어머니처럼.

목련은 내 생에 부는 바람과 그에 대응하는 나를 돌아보게 하는 어머니를 닮았다.

**목련은
그 아름다움을 통해
나의 삶을 들여다보게 하는
요술 거울.**

나무

"나무가 없는 것보다 차라리 황금이 없는 것이 낫다." 17세기 영국 문인 존 이블린이 한 말이다.

나무는 세상이 내뿜는 탁한 공기를 기꺼이 받아 안는다. 그리고 아무 보상도 바라지 않고 자기 안에 있는 산소를 그 세상을 향해 기꺼이 내 준다. 해로운 것을 받아들이고 좋은 것은 세상을 향해 내놓는 것이다.

한결같이 그 자리에 서 있는 그 나무에 기대서 바라보는 하늘은 얼마나 푸르렀는지. 마음이 아플 때면 새들이 나무에 앉아서 노래를 불러 준다. 한숨짓고 싶을 때면 나무는 바람 소리로 미리 한숨을 지어 준다. 세상의 미련을 버리지 못하고 있을 때 나무는 무수한 잎사귀를 떨구며 버림의 철학, 떠남의 미학을 일러 준다.

나무는 사랑의 철학자이기도 하다. 서로 간격을 두고 서서 상대방의 영역을 침범하지 않는다. 그립다고 결코 가까이 가려 하지 않는다. 그저 바라보면서 그리움을 삭인다.

나무는
사랑의 절제를 아는,
다가가고 싶은 마음조차
그를 위해 참아 내는 철학자.
강하고 당당한 생의 전사.

다 벗고 서서 겨울바람을 이겨 내고 봄에는 찬란한 빛깔의 새 옷을 입는다.

집 앞의 나무에게 나는 이름을 붙여 준다. 지하 나무, 권익 나무, 용철 나무… 사랑하지만 이제는 볼 수 없는 사람들의 이름을 붙이고 부른다. 그리고 자주 고백한다. 사랑한다고, 참 고맙다고, 보고 싶다고, 너무 그립다고.

보석상자

내 마음의 보석상자에는 보석이 없다. 그러나 보석보다 빛나고 보석보다 강한 것들이 있다.

모두의 마음에 보석상자가 하나씩 있을 것이다. 열어 보면 행복한 추억도 들어 있고 기운 나게 하는 사람도 들어 있다.

어느 날 들었던 말, 사랑하는 사람이 해 준 그 한마디가 커다란 보물처럼 들어 있기도 하다. 물끄러미 나를 보던 그 사람이 아무렇게나 던진 한마디, "당신 참 좋다."

그 한마디를 아주 오랜 세월이 흐르도록 먼지 하나 묻히지 않고 보관하는 사람이 있다. 당신 참 좋다는 그 말을 커다란 보물로 간직한 사람은 언제나 눈동자가 반짝인다. 그 걸음도

경쾌하다.

내 마음의 보석상자에 소중하게 보관하고 싶은 한마디는 무엇인지. 어느 날 문득 들었던 고백을 떠올려 본다.

사실은 오래전부터 마음에 당신을 두고 있었다는 고백, 당신이 아픈 건 내가 아픈 것보다 더 싫다는 말, 밥은 먹었느냐는 걱정, 기운 내라는 응원, 너무나 보고 싶다는 투정….

보석상자는
따뜻하고 설레는 말들이 든 가슴.

수시로 들여다볼 보석상자가 있는 한 산다는 것은 그리 고달픈 일이 아니다. 기쁨으로 넘쳐나는 일이다.

애정선

우리 손에는 운명이 담겼다고 한다. 생명선도 있고 직업선도 있고 애정선도 있어서 손금을 보면 그 사람 인생이 보인다고 한다.

문득 내 손금을 깊이깊이 들여다본다. 애정선을 들여다보면서 내 손에 닿았던 그 사람 뺨을 떠올리고 내 손에 머물렀던 그 사람 손의 온기도 떠올려 본다. 내 손가락에 약속을 걸었던 그 사람 손가락을 떠올리고 내 손으로 썼던 편지와 내 손으로 보냈던 문자와 걸었던 전화도 생각해 본다.

이제는 그 손에 아무것도 남지 않았음을 안다.

손금을 보며 생각한다. 손금의 어디쯤에서 엇갈려 버린 것일까. 애정선 어디쯤에서 이별이 예정되었던 것일까.

애정선은
사랑이 지나간 눈물자리.

사랑을 하던 내가 뭔가 계산을 했기 때문에, 사랑을 하던 내가 뭔가 바라는 게 있었기 때문에, 사랑을 하던 내가 뭔가 지키지 못한 것이 있었기 때문에 사랑은 내 손금에서 사라져 버린 것인지도 모른다.

결국 사랑은 손금에 있는 것이 아니라 내 두 손에 달린 것이다. 사랑은 운명에 있는 것이 아니라 내 마음에 달린 것이다.

사랑하는 사람이 곁에 있는 지금, 사랑을 꿈꾸는 지금, 사랑을 보내 버린 지금. 바로 지금이 사랑을 시작할 때, 그리고 애써 사랑을 지켜 낼 때다.

손맛

낚시하는 사람들에게 "고기 많이 잡으세요." 하고 응원하는 것은 실례라고 한다. 낚시를 제대로 하는 사람이라면 "제가 어부입니까?" 반문하면서 쓴웃음을 짓는다는 것이다. 대신 그들은 서로 이렇게 말한다.

"손맛 많이 느끼고 가십시오."

손맛을 느끼기 위해서 그들은 낚시 도구를 챙겨 들고 강으로, 바다로 나간다.

우리가 사는 일이라고 다를까. 낚시꾼이 손맛 때문에 낚시를 하는 것처럼 우리는 인생의 손맛을 느끼기 위해 살아가는지도 모른다.

그렇다면 인생의 손맛이란 무엇일까. 낚시할 때 가장 필요한 것이 기다림이듯 살아가는 일에서도 그렇다.

우리 인생의 손맛은
기다리는 동안 다가오는 설렘과 기대, 희망과 위로.
그 후 미세한 움직임으로 시작되는 보람.

인생의 손맛, 잘 느끼며 살고 있는지.

January

February

March

April

May

June

July

August

September

October

November

December

보고픔

먹고 싶다는 말 속에는 배고픈 나를 위한 마음이 들어 있다.
놀고 싶다는 말 속에도 편하게 살고 싶은 나를 위한 마음이
들어 있다. 영화를 보고 싶다거나 책을 읽고 싶다는 말 속에
도 나를 위한 마음이 들어 있다.

음악을 듣고 싶다는 말 속에도 나를 위한 마음이 들어 있고
걷고 싶다, 운동하고 싶다는 말 속에도 옷을 사고 싶다, 집을
사고 싶다는 말 속에도 성공하고 싶다, 사랑하고 싶다는 말
속에도 나를 위한 마음이 들어 있다.

보고 싶다는 말, 그 말처럼 욕심 없는 말이 또 있을까.

얼굴을 본다고 해서 배가 부른 것도 아니고 돈이나 명예가

생기는 것이 아닌데도 보고 싶어지는 마음. 그저 얼굴을 보면 살 것 같은 마음, 그를 만나서 무엇을 하겠다는 작정 같은 것은 없는데도 그저 보고 싶은 마음. 보고 싶은 마음이 넘쳐 흘러서 결국은 "보고 싶은데."라는 말을 쏟아 내고 마는 마음. 창가에 서면 저절로 떠오르며 시선이 흐려지는 마음.

보고픔은
세상의 욕심이 하나도 들지 않은
욕망이 아닌 소망의 마음.

유니콘

쿠바 사람들의 정신적 지주인 음유 시인 실비오 로드리게스
의 노래 중에 〈유니콘〉이라는 곡이 있다. 유니콘은 신화나 전
설에 등장하는 신비로운 상상의 동물로 머리에 흰 뿔이 하나
났다고 해서 일각수라고도 한다. 실비오 로드리게스는 이 노
래에서 유니콘은 한 인간이 잃어버린 순수함을 상징한다고
말했다.

"나의 푸른 유니콘을 어제 잃어버렸어요.
풀을 뜯게 놔둔 사이에 그만 사라져 버렸어요.
나의 푸른 유니콘이 어디 갔는지 알려 주시면
그 고마움 잊지 않겠습니다.
꽃들은 봤을 텐데 아무 말도 안 해 주네요."

유니콘은 용맹을 상징하며 무적의 힘을 자랑하는 동물이다. 그런데 실비오 로드리게스는 잃어버린 순수를 나타내는 동물로 왜 유니콘을 선택했을까? '순수'와 '힘'은 서로 상반되는 의미로 판단되기 쉽다. 순수는 나약하고 손해 보기 쉬우며 바보 같은 이미지로 받아들여진다. 그러나 순수는 강하다.

푸른 유니콘은
용맹을 상징하는 무적의 일각수.

순수한 사람은 강한 사람이기 때문이다. 마음이 깨끗하기에 유혹에 흔들리지 않는 사람, 나를 위한 욕망보다 타인을 위한 소망을 품는 사람, 세상의 속도보다 내 속도에 보폭을 맞추는 사람, 행복의 기준을 타인에게 두지 않고 자신에게 두는 사람이 순수한 사람이기 때문이다.

내 마음속 언덕 거기에 푸른 유니콘이 아직 숨 쉬고 있을까. 내 유니콘의 행방이 궁금하다.

통과의례

몸속의 기관들부터 피부와 솜털까지 우리 몸을 이루는 것들은 참 신비롭다. 사소한 것이 하나도 없다.

손톱이 있는 자리에는 손톱이 있어야 하는 이유가 있다. 눈썹이 있는 자리에는 눈썹이 있어야 하는 이유가 있다. 피부도 한낱 포장지가 아니라 거기 있어야 하는 이유가 분명히 있다.

몸만 그럴까. 마음의 흔적 또한 불필요한 것은 하나도 없는지도 모른다.

기쁨과 행복만 안다면 우리가 모르고 지나는 마음이 많을 것이다. 부자가 가난한 마음을 이해할 수 없고 행복한 자가 불행한 자의 아픔을 알 수가 없고 사랑하는 자가 이별한 자의 고통을 깨닫지 못한다.

고통을 겪은 자들은 그 시기가 지난 후 이렇게 말한다. 그 고통이 아니었다면 남들의 아픔에 진심으로 공감할 가슴을 얻지 못했을 거라고.

절망과 슬픔, 아픔과 외로움은
너른 공감으로 가는 길을 닦는 감정.
행복으로 가는 통과의례.

슬픔의 시간은 마음의 우물을 더 깊이 파는 시간이자 마음의 광장을 확장하는 시간이다.

신체기관이 나를 위해 꼭 있어야 할 곳에 존재하는 것처럼 지금 느끼는 이 감정도 나를 위해, 꼭 있어야 하기 때문에 존재한다.

January
February
March
April
May
June
July
August
September
October
November
December

대추

"저게 저 혼자 둥글어질 리는 없다.
저 안에 무서리 내린 몇 밤
저 안에 땡볕 두어 달
저 안에 초승달 몇 날이 들어서서
둥글게 만드는 것일 게다."

장석주 시인이 노래한 것처럼 작은 대추 알 하나도 그냥 익
지 않는다. 비바람 불고 천둥과 폭풍도 지나가야, 노을에 볼
을 붉히고 달빛에 몸을 감고 햇살에 뒤척이는 시간이 담겨야
대추는 여문다.

대추는
시련으로 아름답게 익는다는 것을

124

몸소 보여 주는 인생의 샘플.

우리 인생도 계속 햇살만 비춘다면 제대로 모습을 갖추지 못
한다. 태풍이 지나가고 폭설도 내리는 시절 없이는 아름다운
색채와 형태가 가능하지 않음을 대추는 알려 준다.

당신의 인생에 폭우가 내리고 있다면 당신의 영혼은 세상과
소통하는 중이다. 그래서 더 아름답게 빚어지는 중이다.

이륙

비행기가 하늘을 한창 나는 동안에는 모든 게 참 쉽다고 한다. 비행 중에는 연료도 별로 들지 않는다.

그러나 비행기가 이륙할 때는 참 어렵다. 긴 거리를 온 힘을 다해 최고 속도로 달려야 비로소 뜰 수 있다. 이륙의 순간에는 연료도 굉장히 많이 든다. 하지만 한번 뜨기만 하면 계속 하늘을 날 수 있다.

모든 일에는 '이륙 효과'라는 게 있다. 처음 순간에는 모든 것이 힘들다. 온 힘을 다해서 달려가야 하고 마음의 연료도 많이 소진된다.

이륙의 시간에는 개인차가 있어서 이륙이 너무나 오래 걸리는 사람도 많다. 남들은 빨리 잘도 뜨는데 나는 왜 이렇게 오래 걸리나, 힘이 빠지고 용기를 잃기도 한다.

그런데 자신의 분야에서 성취를 이룬 사람들은 이륙의 시간을 잘 견딘 이들이다. 그들은 조급해하지 않고 의심하지도 않으며 포기는 더더욱 하지 않는다.

생애의 이륙은
긴 거리를 온 힘을 다해 최고 속도로 달려야 하는
뜨기 전의 그 시간.
연료도 많이 들고
조마조마한 긴장이 흐르는 시간.

지금이 그 이륙의 순간은 아닌지. 달리기도 처음이 힘들지 나중에는 탄력을 받아 잘 뛰게 된다. 공부도, 일도, 사랑도 모두 처음이 힘들지 계속하면 이륙 효과를 발휘하게 된다.

지금 많이 힘들다면 떠오르는 순간이 바로 눈앞에 다가와 있는 것인지도 모른다.

이해

한 번도 가난해 본 적 없는 부자가 가난한 사람을 이해하기
는 힘든 일이다. 밑바닥까지 내려가 보지 못한 사람이 절망
에 찬 사람을 이해하는 것도 드문 일이다. 인생의 목적지를
아주 높은 곳에 둔 사람들에게 낮고 약한 사람들을 이해하는
일은 너무나 어렵다.

누군가를 이해하는 일은 그보다 높이 선 자리에서는 불가능
하다. 그의 눈높이에 맞춰 서더라도 어려운 일이다.

이해는
그보다 낮아졌을 때
그보다 눈높이를 낮춰서
그를 우러러볼 때에만 가능한 감정.

'이해하다'는 'understand'지 'overstand'가 아니다. 문자 그대로 아래에 선다는 뜻이다. 높은 마음을 가진 사람에게는 아무도 마음의 문을 열지 않는다. 최대한 낮추고 최대한 섬기는 자세로 다가가야 그 마음의 문이 열린다.

운전은 시야가 높을 때 가시거리가 넓어지지만 인간관계에서는 한걸음 아래로 내려갔을 때 시야가 넓어진다.

진심으로 이해하고 싶은 사람이 있다면 우선은 나를 낮춰 볼 일이다. 그보다 낮아진 키로 그에게 다가가 볼 일이다.

January
February
March
April
May
June
July
August
September
October
November
December

누림

우리가 사는 일은 기다림의 연속이다. 그런데 똑같이 기다리면서도 어떤 이는 따분해하고 어떤 이는 즐거워한다.

전철을 타고 목적지로 가는 동안 책을 읽을 수 있으니 너무나 즐겁다고 하는 사람, 공연을 기다리며 친구와 시선을 마주칠 수 있음을 행복해하는 사람, 엘리베이터가 오기를 기다리는 동안 오늘 하루의 안녕을 잠깐 기도하는 사람, 신호 대기에 걸리니 바깥 풍경에 시선을 두고 꽃이 핀 것도, 나무에 초록 물이 든 것도 볼 수 있으니 얼마나 좋으냐고 하는 사람.

누림은
그 어떤 순간도
행복으로 전환하는 마음.

즐겁게 기다릴 줄 아는 사람은 시간에 끌려다니거나 헉헉거
리며 시간을 쫓아다니지 않는다. 느긋하고 고요하게 시간을
누리고 시간을 리드한다.

봄바람

4월은 한 해 중 가장 바람이 많은 달이다. 그래서 '바람의 달'이라고도 불린다. 시도 때도 없이 불어오는 4월의 바람에는 다 이유가 있다. 겨울잠을 자던 나무를 흔들어 깨우는 역할을 하는 것이다.

나무는 4월의 바람을 맞을수록 잘 자란다. 바람이 강하게 불어오면 나무는 쓰러지지 않으려고 더 깊이 뿌리를 내린다.

4월의 바람은 나무만 흔들어 깨우는 것이 아니다. 거리를 지나다가 바람을 만나면 뭔가 정신이 번쩍 드는 느낌이다.

봄바람은
신의 자명종.

봄바람은

타성적이고 게으른 마음을 깨워주는

정신의 모닝콜.

（May）

토슈즈를 신은 발레리나처럼 발끝을 세우고
5월은 온다.

꽃이 피고 잎도 피고 새가 노래하는,
신도 부러워한다는 달.

보는 것, 듣는 것, 냄새 맡는 것 모두
푸른 생명으로 넘쳐 나는 달.

그러나 루미가 「봄의 과수원으로 오세요」에 썼듯

"당신이 안 오신다면
이런 것들이 다
무슨 소용이겠어요."

집착

나비를 알고 싶어서 두 손으로 잡고 날개를 떼어 봤더니 나비는 끝이 났다. 잠자리를 가까이 보고 싶어서 잠자리채로 잡아 손에 쥐고 놀았더니 잠자리 역시 죽고 만다. 꽃이 예쁘다고 꺾어다 화병에 꽂으면 이내 시들어 버리고 싱그러운 나뭇잎을 뜯어 들여다보면 곧 생명력을 잃는다.

사람이라고 다를까. 사랑한다는 말로 그 사람을 붙잡고 나만 바라봐라, 내가 원하는 일만 해라, 그 일은 하지 마라, 그 길로 가지 마라 하며 지시하고 바라는 마음, 독차지하려는 이기적인 마음은 사랑이 아니라 집착이다.

집착은
사랑하는 사람을

날지 못하는 새로,

향기와 매력이 없는 꽃으로,

시든 풀잎으로 만들어 버리는 폭력.

사랑은 그 사람을 시들게 하는 일이 아니다. 그 사람을 생기
있게 만드는 일이다. 묶어 두는 게 아니라 훨훨 날아가게 만
드는 일, 고유한 개성을 죽이는 게 아니라 그 독특한 향기를
북돋는 일. 그것이 진정한 사랑을 하는 방법이다.

아이

들꽃 속에도 신이 있다는 아버지의 말에 "그럼 하느님은 아주 조그맣게 귀엽겠네." 했다는 아이, 날씨가 추우면 인형 먼저 이불 속에 재우고 자신은 이불 밖에서 꼬부려 자는 아이, 새가 나는 걸 보면서 "새가 힘들어서 어떡해." 하는 아이.

아이의 목소리는 이 세상의 심장이 뛰는 소리.

아이들이 밝게 웃는 모습은 우리 가슴을 따뜻하게 데우는 불꽃의 연료이자 세상을 밝게 비추는 등불의 스위치다.

아이들의 웃음소리가 울타리 밖으로 퍼져 나가는 가정은 충분히 행복한 가정이라고 한다. 그리고 어린이의 마음으로 사는 어른이라면 가장 완벽한 인생을 사는 삶의 고수일 것이다.

아이는

이 세상을 업그레이드하는 존재.

어른들의 스승.

January

February

March

April

May

June

July

August

September

October

November

December

눈부처

사람의 눈에는 그가 바라보는 풍경이 담긴다.

푸른 바다를 보는 사람의 동공에는 푸른 바다가 담긴다. 꽃을 보면 꽃이 담기고 나무를 보면 나무가, 하늘을 보면 하늘이 담긴다.

사랑하는 사람을 보고 있으면 그 동공에 사랑하는 사람이 비치는 눈부처.

눈부처는
내가 바라보는 것이
내 눈에 고여 드는 영혼의 성형술.

세상의 어두운 곳을 응시하고 있다면 눈에 그늘을 부여하는 중이다. 증오의 시선을 보내고 있다면 눈에 독을 넣는 중이고 불신의 눈으로 보고 있다면 눈에 의심을 담는 중이다.

사라져 버린 과거를 보고 있다면 쓸쓸한 애상이 어리는 중이고 아득한 곳에 시선을 두고 있다면 아픔을 담는 중이다.

어머니

한밤중에 열이 난 아이, 응급실에서 내 팔에 안겨 있는 아이, 시험을 잘 못 치른 아이, 벌을 받는 아이, 어떤 이유가 있어서 어머니가 거기 꼭 있어 줘야만 하는 아이.

어머니는 완벽하고 잘난 자식보다 모자라고 보살펴야 하는 자식에게 더 정이 가고 마음이 쓰인다. 모자란 자식에게 희망을 걸고 그 희망을 절대 포기하지 않는다.

어머니는
보석처럼 아름답고 강한 사람,
떠올리기만 해도 눈물이 솟는 존재.
가장 위급할 때 부르는 이름,
가장 어려울 때 소리치는 말.

인생의 언덕을 넘는 힘,
내가 하는 일의 에너지와 이유.

이유

그 사람을 왜 사랑하느냐고 물으면 그 사람을 생각만 해도 기분이 좋아지기 때문이라고 대답할 수 있는 사람. 참 행복한 사랑을 하는 사람이다.

힘든 일이 생겨도 그 사람만 생각하면 힘이 난다고 대답할 수 있는 사람도 행복한 사람이고 언제나 따뜻하게 날 감싸주기 때문이라고 대답할 수 있다면 그 역시 행복한 사랑을 하는 사람이다.

그런데 사랑이 그렇게 부드럽고 너그러운 것만은 아니어서 다가가면 서로 아픈 고슴도치 사랑도 있다. 다가가면 서로 다치는 장미 가시 같은 사랑도 있다.

그렇게 아픈데 왜 그 사람을 사랑하느냐고 물으면 그저 눈물만 그렁그렁해지는 사랑도 사랑은 사랑이다.

차마 말하지 못하는 사랑도 사랑이고 보내 놓고 후회하는 사랑도, 잊지 못해 고통스러운 사랑도 사랑이며 생각만 해도 눈물이 어리는 사랑도 사랑이다.

그런데도 사랑을 하는 이유를 잘 아는 사람, 있을까.

사람이 사람을 사랑하는 것은
아무런 이유가 없는 것이
그 이유.

그러므로 왜 사랑하느냐는 물음에 미처 대답할 수 없는 사랑이 진짜 사랑인지도 모른다.

지금 어떤 사랑을 품고 있는지. 행복한 사랑, 슬픈 사랑, 아픈 사랑, 미완의 사랑, 후회의 사랑, 미지의 사랑…. 어떤 사랑이든 사랑은 사랑의 이름으로 아름답다.

별똥별

어린 시절 별똥별을 보면서 소원을 빌던 기억이 있는지.

하늘에서 불씨 하나가 자유로운 영혼처럼 홀홀 은하를 건너가는 걸 보면 얼른 소원 하나를 빌었다. "자전거 사게 해 주세요."

그런데 별똥별 보기가 워낙 어려워서 그런지 한 가지 소원만 말하는 게 섭섭해진다. 얼른 소원을 하나 더 얹는다. "자꾸 빌어서 미안한데요. 내일 시험 백 점 맞게 해 주세요."

별똥별은 자그마치 45억 살이라고 한다.

별똥별은

45억 년이나 걸려
이 지구에 다가온 희망.

지구 대기권에 들어오는 별똥별은 하루에도 몇 톤씩 된다고
한다. 그래서 요즘도 공기가 맑은 시골 하늘을 밤새 지켜보고
있으면 여러 번 별똥별이 떨어지는 광경을 목격할 수 있다.

누군가가 몹시 미워질 때는 이렇게 생각해 보는 것도 좋겠
다. 135억 년 전에 우주가 탄생했고 태양의 나이는 47억 살.
그렇게 몇백억 년, 몇십억 년 하다 보면 우리가 사는 게 얼마
나 순간인가 싶다.

박치

안타까운 사랑에는 여러 가지가 있다.

좋아는 하지만 서로가 내는 삶의 음이 달라서 가치관의 차이로 어쩔 수 없이 헤어지는 음치 사랑이 있다. 끌어안으면 서로의 상처 때문에 가슴이 찔리는 고슴도치 사랑이 있고 헛된 집착 때문에 다가온 사랑을 보내 버리는 바보 사랑도 있다.

그중에서도 가장 안타까운 사랑은 한 박자 늦게 그 사랑을 발견하는 박치 사랑이 아닐까.

바라보다가 바라보다가
지쳐서 이제 그만 떠나는 사람.
떠나는 사람이 이미 등을 돌리고 나서야

그 사랑을 발견하는 박치.

박자를 놓쳐 버려 허망해지기 전에 박자가 엉키는 지점을 돌아봐야 한다. 뒤늦게 후회하기 전에.

장미

신경림 시인은 장미에 대해 이렇게 썼다.

"땅속에서 풀려난 요정들이
물오른 덩굴을 타고
쏜살같이 하늘로 올라간다"

땅속에서 풀려난 요정, 장미가 물오른 덩굴을 타고 하늘로 올라가는 계절은 장미 향기를 공짜로 맡을 수 있다는 것만으로도 천국의 시절이다.

네로 황제는 유난히 장미에 집착했다고 한다. 하룻밤 축제에 지금 가치로 1억 9천만 원이 드는 장미 기름과 장미수, 장미 꽃잎을 썼다고. 수영장과 분수에도 장미 향수가 뿜어 나오도

록 했다. 클레오파트라의 두 번째 애인이었던 안토니우스는
장미꽃을 1미터 두께로 깔고 그녀를 맞기도 했다.

나는 무엇으로 장미의 호사를 누릴까. 장미 향기를 맡으며
해리 벨라폰테의 〈밤에 피는 장미〉를 들어 본다.

"새벽에 비둘기가 짝을 찾아 소리를 내며 웁니다.
당신의 머리는 이슬에 촉촉이 젖어 있고
당신의 입술은 아침이 올 때까지 장미꽃처럼 촉촉합니다.
나는 그 장미 꽃잎을 하나하나 따겠습니다."

그 사람 입술이 장미 꽃잎으로 보이다니! 두 사람을 위해 밤
새 장미가 피어나다니!

장미는
마음에 화사하게 폭발하는 내 사랑.
사랑을 하는 순간은
장미가 절로 피어나는 삶의 절정.

호흡

세상 모든 이치는 '한 호흡'의 일이다. 꽃이 피어났다가 꽃잎이 떨어지는 그 사이도 한 호흡, 나뭇잎이 새 잎으로 태어나서 여름의 뜨거운 절정을 지나 가을에 겸손한 낯빛을 하고 그 생명을 다하는 것도 한 호흡의 일인지 모른다.

바다의 물결이 먼 곳에서 밀려와 내 앞으로 다가왔다가 다시 먼 곳으로 밀려가 버리는 것도 한 호흡, 바람이 세상 끝에서 불어와 내 머릿결을 날리더니 다시 우주 밖으로 멀리 달아나는 것도 한 호흡.

사랑이 폭풍처럼 다가왔다가 거친 흔적을 남기며 사라져 가는 것도 한 호흡, 홍역처럼 생을 앓다 보니 갑자기 황혼을 맞이하는 인생 역시 한 호흡.

희망과 절망 사이도
계절과 계절 사이도
바람의 뒤척임도 한 호흡.
세상 만물은, 우리 삶은, 우주의 대원칙은
숨을 들이마셨다가 내뱉는 순간으로 이루어진 것.

우리가 사는 일이 한 호흡의 일이라면 그럴수록 더 절실히
살아볼 일이다. 더 열심히 일하고 더 뜨겁게 사랑하며 더 많
이 웃고 더 많이 위로할 일이다.

깊이 마시고 힘차게 내쉴수록 신선한 공기가 우리 가슴을 가
득 채우기 때문에.

센서등

현관문을 열고 사람이 들어서면 가장 먼저 현관의 센서등이 작동한다. 그런데 가끔 사람이 들어서지 않아도 센서등이 켜질 때가 있다. 센서를 가동해 등을 켜는 그 주인공, 초대 받지 못한 침입자의 정체는 무엇일까?

가끔은 아주 작은 벌레가 빈집의 현관을 밝혀 놓기도 한다. 때로는 열어 둔 창문으로 들어선 바람이 현관까지 걸어가 센서등을 켠다.

그렇게 "나 여기 있다!" 제 존재를 알리며 센서등을 켜 놓는 작은 침입자의 존재를 감각기관에서 느낄 때도 있다.

감각의 센서등은

때로는 꽃향기,
때로는 음악.

마음 아주 깊은 곳에 잠복해 있다가 어느 날 불쑥 센서등을
탁! 켜 놓는 침입자. 그가 호소한다. 볼 수는 없어도 잊지는
말라고.

January
February
March
April
May
June
July
August
September
October
November
December

다툼

남자 둘이서 숲을 걷다가 한 사람이 무심코 땅에 떨어진 과일을 밟았다. 그런데 과일이 갑자기 두 배로 커지는 것이 아닌가. 다른 사람이 한 번 더 힘주어 밟았더니 다시 두 배로 커졌다. 이상하게 여긴 두 사람은 들고 있던 작대기로 돌아가며 과일을 힘껏 내리쳤다. 그러자 과일이 너무 커져서 그만 숲길을 막아 버렸다. 그때 수염을 허옇게 기른 도사가 나타나서 이렇게 말했다. "자꾸 건드리지 말아라. 맞서지 않으면 처음 그대로이나, 상대하여 맞서면 계속 커지는 이상한 과일이다."

이 일화에 등장한 것은 다툼이라는 이름의 과일이었다.

다툼은

상대방이 맞서지 않으면 그대로지만

맞서면 계속 커져서 마음을 막아 버리는

이상한 과일 같은 것.

사소한 일로 시작해 말꼬리를 잡고 얘기하다 보면 다툼은 계속 커진다. 다 잊어버린 줄 알았던 옛날 일까지 끄집어내다 보면 감정의 골이 깊어질 대로 깊어진다. 서로 깊이 상처 받고 도저히 치유할 수 없을 정도에 이르기도 한다.

January
February
March
April
May
June
July
August
September
October
November
December

잎새

꽃을 받쳐 주는 잎사귀보다는 꽃잎과 꽃봉오리를 보게 되는
게 사람 마음이다.

잎새는
꽃잎을 위에 올려
아름답게 피어나게 하고
세상에 내보이는
푸른 쟁반.

꽃은 잎새가 있기에 아름다울 수 있다. 잎새의 푸른빛이 꽃
의 빛깔에 어우러지며 그 아름다움을 더한다.

또 잎새는 꽃을 피우는 사명감으로 오래오래 살아갈 수 있

다. 꽃잎은 화사한 아름다움으로 한 시절을 풍미하다가 쓸쓸히 낙화해 버린다. 하지만 꽃잎을 받쳐 주던 잎사귀는 그 후로도 오랫동안 푸르게 남아 줄기를 지탱한다.

짧고 강렬하게 살다 가는 화사한 꽃의 생도 좋지만 오래오래 꽃과 줄기를 떠받치며 살아가는 잎의 생도 괜찮지 않을까.

앞서 뛰어가기보다는 뒤에서 받쳐 주는 인생, 앞에서 드러나기보다는 숨어서 도와주는 인생. 어쩌면 소박한 잎새의 삶이 더 가치 있는 것인지도 모른다.

산책

동네를 한 바퀴 돌거나 가까운 공원을 걷고 나면 햇살이 추운 마음에 등불을 켜 준다. 초록이 깊어 가는 나무가 어두운 마음에 조명을 밝힌다.

**산책은
천사가 속삭이는 시간.**

산책길에서 천사는 내 인생의 장면을 전환해 준다.

산책을 좋아한다는 것은 어른이 되었다는 증거다. 어린아이들은 산책 같은 건 하지 않는다. 뛰거나 야단맞은 후에 울며 걷거나 할 뿐. 그 어떤 아름다운 숲길이 놓여 있어도 아이들은 인디언처럼 돌아다닌다. 초원을 달릴 때도 마찬가지다.

어른들은 그 싱그러움을 느낄 줄 안다. 하지만 아이들은 잠자리를 잡으러 뛰어다닐 뿐이다.

어떤 계절이든, 어떤 날씨든 자연을 즐길 줄 안다는 것은 곧 어른이라는 현실을 뜻하기도 한다. 책 한 권과 빵 한 조각을 들고 풀밭에 앉으면 더없이 행복한 것, 그런 여유를 마음으로 느낄 줄 아는 것이 성인이라는 증거인 셈이다.

어른이 된다는 게 좋을 때도 많다. 물질이 아닌 마음으로 누릴 것이 많아지기 때문에.

우분투

남아프리카 줄루족은 서로 이렇게 인사를 나눈다고 한다.

"우분투!"

'사람은 다른 사람을 통해 사람이 된다.'는 뜻의 우분투. 그
러니 내가 잘 살기 위해서라도 다른 사람이 안녕해야 하고
내가 좋은 사람이 되기 위해서라도 다른 사람이 행복해야 한
다. 그래서 그들은 서로 걱정해 주며 "우분투!"라고 인사를
나누는 것이다.

우분투는 내가 만나는 상대방만이 아니라 나 아닌 모든 이를
향한 인사다. 한때 스쳤던 사람들도, 잘못을 했던 사람들도,
용서를 구해야 할 사람들도, 모르는 사람들도, 사랑했던 사

람들도 모두모두 안녕하기를 바라는 인사다.

우분투는

"당신이 행복해야 내가 행복하답니다!"라는 인사.

불특정 다수를 향한 아름다운 그 인사가 경계와 벽을 넘어서
온 세상에 꽃처럼 퍼지는 기분 좋은 상상을 해 본다.

January
February
March
April
May
June
July
August
September
October
November
December

달팽이

머지않아 우기에 접어들고 비 소식이 계속 들려올 것이다. 우기에 주로 활약하는 달팽이 생각이 문득 났다.

달팽이는
태어날 때부터 집을 가진
부동산 금수저.

등딱지가 달팽이의 집이니까 겨울철 난방을 걱정하지 않아도 되고 비 올 때 우산이 없어도 되고 천적이 오면 방패로 삼고 산소도 공급되면서 수분도 유지해 주고… 그렇게 등껍질은 달팽이의 훌륭한 집이요, 보디가드요, 피신처다.

집을 장만하느라, 평수를 넓히느라, 더 좋은 동네로 가려고

애쓰느라 평생 걱정하는 우리는 집을 갖고 태어난 달팽이가
부럽다. 집과 함께 어디든 갈 수 있는 자유가 부럽다.

January

February

March

April

May

June

July

August

September

October

November

December

햇살과 비와 바람을 만나면 이런 생각이 든다.

저 햇살과 비와 바람으로
나뭇잎이 푸르게 강해지겠구나.
과일도 성숙해지며 단맛을 저장하겠구나.
벼나 보리도 단단하게 속살이 오르겠구나.

연두에서 초록으로 점점 색채가 짙어지는 나무들 하며
하늘색에 대비되는 하얀 구름 하며
온 세상이 광합성 성분으로 싱그럽다.

봄에서 여름으로 가는 간이역의 계절
당신의 마음도
광합성 성분으로 맑고 쾌청하기를.

여름

수박을 쩍, 하고 쪼갠 후에 그 빨간 육즙에 스며든 까만 수박 씨를 볼 때. 한 조각 베어 무니 그 맛이 꿀처럼 달콤할 때. 운동 후 병에 서리가 앉을 만큼 시원한 맥주를 한 컵 따라서 시원하게 마실 때. 더위에 지치고 에어컨 바람도 싫어서 넋 놓고 앉아 있는데 갑자기 쏴아, 소리를 내면서 시원한 소나기가 쏟아질 때. 여행지 지도를 손가락으로 짚어 보며 여름휴가를 계획할 때.

공식적인 여름에 접어드는 달에 갖가지 여름의 즐거움을 꼽아 본다.

새하얀 햇빛이 쏟아져 내리는 오전의 비현실적인 정적, 길고 뜨거운 오후의 권태, 낮잠을 자다 깨어난 어스름 저녁에 마

치 세상에서 버려진 듯 느껴지는 오슬오슬한 한기. 주룩주룩
장맛비가 쏟아지는 날 어둑한 습기 속에서 느끼는 본능적인
슬픔, 비 온 후 무지개를 보며 가슴 뛰던 설렘, 집채만 한 흰
구름을 보면 아련해지던 그리움….

가장 드라마틱한 감정을 주는 계절. 이제 계절은 공식적으로
'여름'이라는 이름표를 달았다.

나의 유년 시절 기억은 주로 여름에 몰려 있다. 갑작스러운
소나기를 피해서 처마 밑으로 뛰어가던 기억, 텅 빈 집에서
낮잠을 자다 깨어 보니 어느새 땀과 한 몸이 되어 있던 기억,
바다에서 헤엄치다가 허우적대던 기억, 어머니의 손을 잡고
걸어가던 뜨거운 여름 과수원 길의 기억.

**여름은
추억의 시간이 가득한 창고.**

올여름은 우리 인생에 어떤 기억들을 남기게 될까. 그 기억
들은 칸나처럼 붉고 열정적인 사건이 될까, 아니면 해바라기
처럼 가슴만 태우는 안타까운 에피소드가 될까.

신호

야구 경기에서 투수와 포수가 서로 사인을 주고받는 모습을
바라보고 있으면 참 재미있다. 선수들은 모자를 만지거나 코
를 쓸기도 하고 손가락으로 브이 자를 그리기도 하면서 서로
약속한 몸짓을 나눈다.

경매장에도 신호들이 있다. 경매 초보는 목소리를 높여 값을
부르느라고 아우성을 친다. 하지만 능수능란한 입찰자는 그
러지 않는다. 경쟁자들이 눈치채지 못하게 은밀한 몸짓으로
소통한다. 코를 비틀고 귓볼을 당긴다. 모자를 괜히 들었다
놓기도 하고 눈을 깜빡이기도 한다. 경매인은 시끄럽게 내지
르는 목소리보다 은밀하게 주고받는 신호에 더 민감하게 반
응한다고 한다.

신호는

같은 하늘 아래 살아 있다고

당신과 함께하겠다고 흔드는 영혼의 깃발.

즐거운 생의 신호를 조용하게 주고받으며 서로의 간격을 뛰어넘을 그런 사람, 당신에게도 있는지.

캐리어

비행기에서 내린 여행객은 짐 찾는 곳으로 이동한다. 공항의
회전대에서 사람들은 빙글빙글 도는 수많은 가방 중 자기 가
방을 찾느라 고개를 빼고 본다. 어떤 사람은 금방 가방을 찾
아 들고 나가고 또 어떤 사람은 한참을 애타게 기다리다가
반갑게 가방을 맞이한다.

소박한 사람은 가방도 소박하고 개성 넘치는 사람은 가방도
개성이 넘치고… 캐리어는 꼭 닮은 주인과 마침내 하나가 되
어 공항을 나선다.

캐리어는
꿈의 압축 파일 같은 것.

회전대에서 고개를 빼고 한곳만 바라보며 자기 가방이 나오기를 기다리는 사람들처럼 우리가 삶의 여행길에서 간절하게 기다리는 것은 무엇일까.

이루고 싶은 꿈, 닿고 싶은 사랑. 내 마음과 꼭 닮은 그것과 반갑게 만나기 위한 과정이 인생은 아닐까.

꽃씨

화원에서 꽃씨가 든 작은 봉투를 받았다. 꽃씨 하나를 꺼내서 손바닥에 올려놓고 바라보니 겉모습은 아주 작은 모래알과 다를 게 없었다.

그러다 모래알처럼 작은 꽃씨 한 알이 정말 대단하다는 생각을 했다. 그 속에 꽃을 피우고 열매를 맺게 하는 모든 유전자가 다 들었으니까.

문장을 쓸 때 마지막으로 찍는 마침표도 까만 꽃씨와 참 닮았다.

꽃씨는 마침표.

힘차게 찍은 그 마침표가 꽃씨가 되어 주면 좋겠다. 그래서 싹이 트고, 떡잎이 벌어지고, 줄기가 자라고, 잎이 피고, 꽃 망울이 생기고, 마침내 푸짐한 열매를 맺었으면 좋겠다.

January
February
March
April
May
June
July
August
September
October
November
December

자화상

자화상을 그리는 시간은 나를 돌아보는 시간이다. 슬플 때 자화상을 그리는 사람은 눈물부터 그리게 된다.

자화상은
내 모습이 아닌
내 마음이 담기는 그림.

자기 모습을 남의 모습만큼 정확히 보는 일은 불가능하다. 목소리도 마찬가지. 자기 목소리는 목구멍의 진동을 통해 듣기 때문에 잘 알 수가 없다. 그래서 녹음을 해서 들어 보면 스스로 생각하던 목소리와 너무 다르다는 걸 알게 된다.

자신보다 남을 더 잘 파악하도록 만들어진 우리. 사냥 장면을 그린 아주 오래전의 동굴 벽화를 봐도 그렇다. 들소나 멧돼지 같은 사냥감은 크고 생생하게 그려 놨는데, 막상 사냥을 하는 자신들의 모습은 아주 작게 윤곽만 그렸다. 사냥감을 더 중요하게 생각했기 때문이다.

그러다 문명의 현대로 오는 과정에서 자신을 잘 파악하는 일이 철학과 과학의 기본이 되었다. 자신을 알려고 많은 방황과 노력을 하는 우리는 그렇게 "나는 누구인가?"라는 물음 앞에 영원히 서 있을지도 모른다.

팔베개

내 팔베개를 하고 잠든 어린 아들이 깰까 봐 밤새 움직이지 못
했다. 팔에 쥐가 나도 아픈 줄 모르고 고통스럽지도 않았다.

팔베개는
그 사람을 위해 내어 주는
내 사랑의 증명.

내 팔을 베고 잠든 사랑하는 사람이 깰까 봐 팔을 움직이지
못하고 밤을 새워 본 적이 있다면, 내 무릎을 누군가에게 내
어 주고 그 무릎의 편안함을 최대한 지켜 주려고 움직이지
않은 채 밤을 지새워 본 적이 있다면.

당신은 사랑이 무엇인지를 이미 알고 있을 것이다. 사랑이

178

있으면 무서울 것도 두려울 것도 없다는 사실을, 아픔도 고
통도 잊게 된다는 사실을 눈치채고 있을 것이다.

햇살

어느 프랑스 화가가 침대에 누워 임종을 기다릴 때였다. 누군가 커튼을 열자 창밖에서 햇살이 쏟아져 들어왔다. 그러자 임종 직전의 화가가 말했다. "창문을 닫아 주세요. 날씨가 너무 좋아요."

작가 프랑수아즈 사강도 임종 직전에 건강한 사람들을 이렇게 질투했다. "나는 죽어 가는데 당신은 눈부신 햇살 아래를 걸어가는가!"

이 세상에 그냥 두고 가기에 너무나 아쉬운 것들을 꼽아 본다. 그중에 이 계절의 햇살도 있다.

햇살은

두고 가기에는 너무 아까운

그래서 지금 이 순간 오롯이 누려야 할

최고의 행운.

January
February
March
April
May
June
July
August
September
October
November
December

공유

혼자 가질 수 없는 것들이 있다.

시집 속의 시, 꽃들의 자태와 향기, 아침 공기, 봄바람. 빵집 앞에서 풍기는 갓 구운 빵 냄새도 나 혼자만의 것은 아니고 초록 물이 오르는 가로수도 나의 전유물이 아니다.

그렇게 다 함께 갖는 것은 모두 참 좋은 것이다.

밤하늘을 채우는 둥근 달도 그렇고 하늘로 올라간 그리운 마음이라는 별도, 비와 바람, 노을과 아침 태양도 그렇다. 바다와 강, 아기의 웃음소리… 이 모든 좋은 것은 다 함께 누리는 행복이다.

공유는
세상에 좋은 것이 얼마나 많은지 깨닫는
행복 단어장.
나 혼자가 아니라
당신과 함께 누릴 것이 있어서
참 행복한 마음.

기다림

제주도 풍경을 담는 일에 인생을 바친 김영갑 사진작가가 생전에 TV 인터뷰 중 한 말이 기억난다.

"사람들은 내 사진에 기교가 많다고 하지만 나는 원하는 사진이 나올 때까지 그 자리에서 기다리고 기다릴 뿐입니다."

사진을 찍다가 순교하겠다고, 여한 없이 사진을 찍다가 웃으며 죽고 싶다며 루게릭병과 싸우던 그는 셔터를 누를 손끝의 기운마저 잃은 순간에도 언제나 기다림으로 사진을 찍었다. 억새의 움직임도, 한라산의 풍경도, 산허리에 선 나무도, 꽃의 물결도, 파도의 춤도, 돌담의 빛깔도… 하루의 모든 순간에 그 모습이 바뀌었기 때문이다. 그가 기다리는 일을 잘하지 못했다면 그의 사진에서 우리는 감동을 만나지 못했을 것이다.

이 세상에서 가장 힘든 일, 기다림이다. 오지 않는 사람을 기다리는 일도 그렇다. 모든 사람의 발자국이 다 그 사람 발자국 소리 같고 하루가 10년처럼 긴, 그와 함께하지 않는 시간이 통곡하는 기다림.

어떤 일의 성공을 기다리는 일, 다가오지 않는 꿈을 기다리는 일 역시 마찬가지다. 해도 해도 끝이 보이지 않는 막막함과 다투고 내 무능력과 겨루며 내 열등감과 싸운다.

**기다림은
나 자신과 겨루는 힘겨운 결투.**

그런데 릴케는 말했다. "우리는 어려운 것에 집착해야 합니다." 지금 어떤 기다림 속에 있는지. 잘 기다리는 일은 곧 인생을 잘 사는 일이다. 기다림 때문에 시선이 젖어 들고 있다면 당신은 지금 훌륭하게 살아 내는 중이다.

꼴찌

어떤 아이는 축구를 할 때 늘 골키퍼를 하겠다고 한다. 이유를 물으면 이렇게 대답한다. "아이들이 다 나한테 달려오는 것을 볼 수 있어서 좋아요."

어떤 아이는 시험을 보면 늘 꼴찌를 한다. 아이의 동생이 꼴찌가 뭐길래 엄마가 화를 내냐고 물었다. 그러자 아이가 빙그레 웃으며 대답했다. "뒤에서 앞에 있는 모든 것을 바라볼 수 있는 자리야."

일등보다 꼴찌가 아름다운 이유, 중심 포지션보다 구석 자리가 멋진 이유, 앞자리보다 뒷자리가 정겨운 이유는 그 자리에 서면 '내게로 오는 사람'이 보이기 때문이다. 그 자리에 서면 '내가 다가가야 할 마음'이 보이기 때문이다.

일등보다 꼴등이 좋다고 할 수 없지만, 센터보다 구석이 좋
다고 할 수 없지만 나름대로 그 자리의 가치는 있는 것이다.

꼴찌도
당당한 어느 자리.
특히 인간적인 따뜻함이 있는 자리.

January
February
March
April
May
June
July
August
September
October
November
December

소나기

기상예보관을 거짓말쟁이로 만들어버리는 소나기. 곧 소나
기가 자주 내리는 계절이 시작될 것이다. 소나기는 문학 작
품이나 영화 속에서 언제나 사랑의 연결 고리가 되어 준다.

소나기는
낭만적인 사랑 장면의 단골 메뉴.

그런데 예전 소나기하고 요즘 내리는 소나기는 어쩐지 느낌
이 다른 것 같다. 옛날 소나기에는 낭만적인 구석이 있었다.
그런데 요즘 소나기는 좀 무시무시하다. 갑자기 퍼붓는 것까
지는 좋은데 천둥과 번개에다가 세찬 바람까지 따라온다.

올해는 이런 소나기만 만나고 싶다. 갑자기 와도 책 한 권만

머리에 이고 달려가면 그런대로 피할 수 있는, 우산이 없어
도 처마 밑까지 뛰어가면 물에 빠진 생쥐 꼴을 면할 수 있는
그런 착한 소나기.

장마철을 앞두고 있어서 그럴까. 요즘 하늘은 소다수로 가득
찬 것 같다. 누군가 툭, 건드리면 금방이라도 소다수를 팡 터
트릴 것 같다.

톡 쏘는 기운 가득한 요즘 하늘을 보면 사이다 한 잔에 취해
버리는 사람처럼, 콜라 한 잔에 몽롱해지는 사람처럼 당신이
그리워진다.

행복

신은 처음 행복을 만들 때 거만한 인간들의 눈에 띄지 않도록 잘 숨겨 두기로 작정했다.

"인간들이 워낙 똑똑한지라 웬만한 데는 다 쉽게 찾을 거야. 어디다 숨길까? 히말라야 정상에 숨길까, 깊은 바닷속에 숨길까." 고민하던 그는 마침내 무릎을 쳤다. "그래, 인간들 마음속에 숨기자. 그러면 찾기가 쉽지는 않을 거야."

그래서 행복은 우리 마음 안에 있게 되었다고 한다. 행복에 대한 우화에 나오는 이야기다.

행복은 결국 우리가 마음에 거는 일종의 마술이 아닐까. 지금 그 행복의 마법을 걸어 보면 어떨까. 마음 구석구석 숨어 있는 행복의 요소는 잘 찾아보면 참 많다.

"행복 한 접시 주세요!" 이렇게 주문하는 식당이 있다면 언제나 줄을 서서 기다려야 할 것이다. 행복을 파는 백화점이 있다면 파격 세일 같은 건 필요 없을 것이다. 행복을 대여하는 대여점은 늘 만원일 테고 행복을 제조하는 공장이 있다면 공장주는 갑부가 되겠지. 하지만 행복은 비매품. 그리고 아무리 뛰어난 과학자라고 해도 만들 수 없는 발명품이다.

행복의 발명자는 바로 나.
행복의 생산자도 역시 나.
행복을 내 마음에 배달하는 이도 역시 나 자신.

장마

비 오는 날, 좋아하는지. 비가 얌전하게 내리면 참 좋다. 한국어로 비를 계속 써 보면 "비 비 비 비 비…" 정말 비가 떨어지는 그림이 된다. 그리고 영어로 rain을 계속 발음하면 "rain rain rain rain…" 그 소리가 꼭 빗소리 같다. 프랑스의 한 시인은 빗소리를 프랑스어의 모음으로 듣고 그대로 시로 쓰기도 했다. 비라는 낱말은 그렇게 그 자체로 그림이며 음악이 된다.

아일랜드는 가장 건조한 지역도 1년에 150일 정도 비가 내린다. 일주일 내내 비가 내릴 때도 있다. 그런데 그들은 이렇게 말한다고 한다.

"우산이요? 그게 무슨 필요가 있겠습니까. 가지고 다니든

안 가지고 다니든 젖는 건 마찬가지거든요."

그러면서 그들은 비 오는 날을 'soft day'라고 부른다. 1년 내내 지루하게 내리는데도 비 오는 날을 '부드러운 날'이라고 부르는 그들. 일종의 마인드 컨트롤이다. 매일 비가 오니까 비를 사랑할 수밖에 없는 것이 아일랜드식 삶의 방식이다.

장마는
제5의 계절,
사계절에 얹힌 별책 부록.

피해는 없고 비 내리는 날의 예쁜 추억만 가득한 '부드러운 제5의 계절'이기를 바란다.

애愛

사랑, 사랑. 우리는 늘 사랑을 기다리고 사랑을 추억하며 살
아간다.

'러브love'는 라틴어인 '루브에레lubere'에서 유래한 말로 '기
쁘게 하다to please'라는 뜻이다. 그러니까 러브는 그저 기분 좋
은 것!

서양에서는 어원부터 기쁜 것이지만 우리 정서에서는 사랑
이 그리 기쁜 것만은 아니다. "사랑은 눈물의 씨앗"이라는
유행가 가사도 있으니까.

사랑은 괴롭고 힘든 것이라는 인식은 한자 문화권에서 주
로 발견된다. 사랑을 가리키는 한자는 '애'다. 애 자를 세 부

분으로 나누면 맨 윗 부분에는 슬퍼서 목이 멘다는 뜻의 기旡 자가 쓰인다. 두 번째 부분에는 마음 심心 자가 쓰였고 그 다음으로 뒤져올 치夂 자가 쓰였다. 걸어가는 사람人의 다리에 무거운 것을 달아서 빨리 걷지 못하고 질질 끌면서 간다는 뜻이다.

그러니까 사랑은 마음이 메고 무거운 짐 때문에 빨리 갈 수가 없는 상태를 가리킨다.

동양적 사랑은
아무리 나를 숨 막히게 해도 뺄어 버릴 수 없는 것.
아무리 내 발에 무거운 짐을 매달아도 떼어 버릴 수 없는 것.
숨통을 죄고 발목을 부여잡아도 기꺼이 견디는 것.

나를 힘들게 해도 좋은 사랑, 서양식 러브가 아닌 동양식 사랑, 애. 간직하고 있는지.

절반

책을 첫 장부터 쭉 넘기다 보면 가장 재미있는 부분이 절반
쯤부터 시작된다. 스포츠에서도 이제 막 후반전을 시작할 때
가 가장 흥미롭다. 과일은 첫맛과 끝맛도 신선하지만 가장
육즙이 풍부하고 달콤한 건 역시 가운데 부분이다.

한 해의 허리가 접히고 계절의 절반도 접히는 달이다. '올해
가 절반이나 지나 버렸어.'가 아니라 '아직 절반이나 남았
어.'라고 생각하면 충분히 행복하다.

절반은
희망의 코너링.

올해 상반기에 슬픈 뉴스가 있었다면 하반기의 기쁜 소식들

에 바통을 넘기고 싶다. 전반전이 부실했다면 후반전에 더 부지런히 뛰겠다. 하반기에는 화사한 꽃다발을 받을 일이 꼭 있을 것이다.

January

February

March

April

May

June

July

August

September

October

November

December

둘이서 다정하게
카트를 끌고 다니며 시장 보는 일.

둘이서 2인용 자전거를 타고
숲을 달리는 일.

비가 오면
둘이서 우산을 쓰고 걸어가는 일.

손 꼭 잡고 호숫가를 산책하는 일.

감동적인 공연을 보며 같이 울어 보는 일.

서로의 어깨에 기대어 아름다운 음악을 듣는 일.

밤을 꼬박 새워 전화로 이야기하는 일.

나에게 희망 사항은 오직
당신과 꼭 하고 싶은, 아주 사소한 일상.

오란비

비를 가리키는 우리말은 다 아름답다.

가루비는 가루처럼 포슬포슬 내리는 비. 실비는 실처럼 가늘게 금을 그으며 내리는 비. 발비는 빗발이 보이도록 굵게 내리는 비. 작달비는 굵고 세차게 퍼붓는 비. 여우비는 맑은 날에 잠깐 뿌리는 비. 바람비는 바람이 불면서 내리는 비. 도둑비는 밤에 몰래 살짝 내린 비. 꿀비는 농사짓기에 적합하게 내리는 비. 단비는 꼭 필요할 때에 알맞게 내리는 비. 약비는 요긴한 때에 내리는 비.

봄에 내리는 비는 일비라고 한다. 봄에는 할 일이 많아 비가 와도 일을 하기 때문이다.

여름비는 잠비라고 한다. 여름에는 바쁜 일이 없어 비가 오면 낮잠을 자기 좋기 때문이다.

오란비는 장마의 옛말.
장마 시즌은 오란비의 계절.

비가 오면 좋은 점들을 꼽아 본다. 창밖에 빗물 떨어지는 소리를 들으면 옛날 생각이 나면서 손으로 일기를 써 보고 싶어진다. 우산을 들고 골목을 걸으면 마음이 차분해지며 자신을 돌아보게 되는 것도 좋다.

창 넓은 카페에 앉아서 비 오는 거리를 보는 것도 좋고 친구에게 전화를 걸어 비가 오니 네 생각이 더 난다고 고백하는 것도 좋다. 사랑하는 사람과 우산 하나를 쓰고 걸어가면 우산 속이 이 세상 전부처럼 느껴지면서 우주 안에 단 두 사람만 있는 것 같은 느낌이 드는 것이 좋다.

비가 오면 세상이 섬처럼 떠올라 그곳에 우리 둘만 사는 것처럼 느껴져서 참 좋다.

January

February

March

April

May

June

July

August

September

October

November

December

쉼표

아름다운 소리를 내는 악기에는 텅 빈 속이 필요하다. 문장
에는 쉼표가 필요하고 햇살에는 창문이라는 빈자리가 필요
하다. 조각은 붙이는 작업이 아니라 깎아 내는 작업이고 찻
잔에는 여백이 필요하다.

여백이 있어야 아름다움이 완성되는 것은 인생이라고 다르
지 않다. 생활에도 여백이 있어야 하고 일에도 쉼표가 필요
하다.

쉼표는
음악과 철학이 흐르는 자리.

가끔은 책상에서 의자를 좀 멀리 두고 창가에 오래오래 서서

202

창밖을 응시해 보기를. 그러면 마음 아득한 곳에서 북소리가 들릴지도 모른다. 내가 걸어갈 길을 제시하는, 내 마음의 현 주소를 알려 주는 북소리가.

January
February
March
April
May
June
July
August
September
October
November
December

스툴

링 위에서 권투 시합을 벌이던 선수는 3분이 흐르면 구석의 코너 스툴로 돌아간다.

그 구석 자리에서는 싸움을 안타깝게 응원하던 그의 후원자가 기다린다. 싸움에 지친 그가 오면 타월로 땀을 닦아 주고 마실 물도 내어 주고 할 수 있다는 용기와 전략을 전해 준다.

우리에게는 그렇게 나만의 구석 자리가 있다. 지치면 돌아가 쉴 수 있는 그곳에는 삶의 코치, 삶의 응원자가 나를 기다린다. 그는 내 얼굴에 묻은 땀을 닦아 주고 마음에 입은 상처도 잘 보듬어 준다.

스툴은

지치면 돌아가 쉴 곳.

힘들면 돌아가 위로 받을 곳.

그래서 나의 가장 큰 재산.

돌아가 쉴 수 있는 구석 자리에 놓인 의자 같은, 나의 코너 스
툴 같은 당신을 떠올린다.

January
February
March
April
May
June
July
August
September
October
November
December

자존감

캐럴 스페너의 『여성을 위한 세상을 보는 지혜』에는 이런 말이 나온다.

"자신에게 도취되어라. 자기 자신과 사랑에 빠질 수 없다면 다른 누구와 함께 있어도 즐거움을 느낄 수 없고 누구와도 사랑에 빠질 수 없다."

자신을 사랑할 줄 알아야 타인도 사랑하고 자신에게 만족할 줄 알아야 타인도 칭찬할 수 있다. 그러니 수시로 나의 위상을 이렇게 드높이는 건 어떨까.

내가 그에게 잊힌 건 기억되길 원치 않아서다. 내가 쉽게 밟히는 건 겸손하기 때문이다. 내가 바람을 견디지 못하는 건 가끔은 약해지고 싶기 때문이다. 내가 떠나는 건 쓸쓸해지길 원해서다. 다 가진 부자가 부럽지 않은 건 가난할 때 진짜 우정을 찾기 때문이다. 하늘을 나는 새가 부럽지 않은 건 땅을 디딘 내 발이 멋지기 때문이다. 잘나가는 인생이 부럽지 않은 건 허리 숙인 내 모습이 진짜 아름답기 때문이다.

나의 자존을 세우는 일은
나를 사랑하는
그래서 다른 사람도 사랑할 수 있는
또 다른 사랑의 시작.

January
February
March
April
May
June
July
August
September
October
November
December

우정

인디언 말로 친구는 '나의 슬픔을 자기 등에 짊어지고 가는 자'라는 뜻이다. 그렇다면 영어 'friend'는 과연 어떤 의미를 지녔을까?

사랑과 친구는 그 뿌리가 같다. friend의 옛 영어인 'freond'는 'freon', 그러니까 'to love'의 현재분사형이다. 고대 어원대로 따져서 friend라는 글자를 해석하면 'lover'라는 의미가 된다. 친구는 곧 '사랑하는 사람'인 것이다.

다른 언어에서도 친구는 마찬가지 의미를 지닌다. 프랑스어의 'ami', 스페인어의 'amigo', 이탈리아어의 'amico', 라틴어의 'amicus'는 '사랑하다'라는 뜻의 라틴어 동사 'amare'의 파생어다. 유럽의 친구라는 말 역시 '사랑하다'

라는 말에서 나온 것이다.

고대 그리스어에서도 친구를 뜻하는 'philos'라는 단어는
'사랑하다'라는 뜻의 'philein'에서 나왔다.

우정은
가장 오리지널한 사랑의 형태.

숙제

한 초등학교 교사는 아이들에게 이런 숙제를 냈다. 식구들의 발 본뜨기, 눈 감고 지내 보기, 나물 캐기, 손톱에 봉숭아물 들이기, 부모님 발 씻겨 드리기, 밥을 지어 보기.

매일 "바쁘다, 바빠!" 허둥대며 살아가던 어떤 분은 어느 날 초등학교 때 받았던 숙제를 떠올렸다. 그래서 자신에게 이런 숙제를 내 봤다. 한 시간 동안 창가에 앉아 나뭇잎만 바라보기. 사랑하는 사람들에게 자필로 편지를 써서 보내기.

하루 한 번, 자신에게 내는 숙제가 필요하다. 쓸데없어 보여도, 바보처럼 느껴져도 괜찮다. 당연히 완벽하게 해 낼 필요도 없다. 숙제로 이루려는 바가 단순하기 때문이다.

숙제의 목적은

단 하나

내가 나를 행복하게 하기.

네잎클로버

행운을 가져다 준다는 네잎클로버에는 비밀이 있다. 세 잎의 이름은 차례로 희망, 믿음, 사랑. 그러나 네 번째 잎의 이름은 밝힐 수 없다. 스스로 찾아야 하는 인생의 열쇠가 바로 네 번째 잎사귀의 이름이니까.

아이의 통통한 두 볼 덕분에 열심히 일할 수 있다면 아이가 내 삶의 마지막 클로버 잎사귀다. 어머니의 주름진 얼굴을 떠올리며 열심히 살아간다면 어머니가 바로 네 번째 클로버 잎이다. 언제나 나를 믿어 주는 사랑하는 사람을 위해 꿈을 갖고 달려가고 있다면 연인이 내 삶의 네 번째 클로버 잎사귀다.

그 사람 때문에 아프거나 절망할 수 없고 그 사람 덕분에 희

망을 갖고 그 사람 생각에 오늘도 열심히 할 수 있다면 그 사
람이 곧 나의 네잎클로버를 완성하는 잎사귀다.

네잎클로버는
네 번째 잎을 달아야 비로소 완성되는
내 삶의 행운.

내 인생의 네잎클로버를 완성하는 건 바로 당신.

순리

사랑과 사용이라는 두 단어는 첫 음절이 똑같지만 참 많이 다르다. 사랑은 주는 것이 아깝지 않은 헌신을, 사용은 주지 않고 늘 쓰기만 하는 일을 의미한다.

사람과 사물이라는 두 단어 역시 첫 음절은 똑같지만 아주 많이 다르다. 사람은 피가 돌고 정과 꿈이 있는 존재지만 사물은 우리의 편의를 돕는 도구에 지나지 않는다.

그렇다면 우리는 사람과 사물 중에 과연 무엇을 사랑하고 있을까?

순리는
사람을 사랑하고

사물을 사용하는 것.

하지만 정반대의 길을 걷는 사람도 많다. 사람을 사용하고 사물을 사랑하는 사람들 말이다. 우리가 이 땅에 존재하는 목적은 사람을 사랑하는 일에 있는지도 모른다. 그런데 사물을 얻고 지키기 위해 사람을 사용하고 슬프게 하는 일을 저지르고 있는 것은 아닐지.

아무리 세상이 변해도 절대 변하지 말아야 할 가치는 그 어떤 사물보다 사람을 사랑하는 일이 아닐까.

January
February
March
April
May
June
July
August
September
October
November
December

경쟁

동물학자들이 관찰한 기록에 의하면 바다거북은 산란기가
되면 바닷가로 올라와 500개에서 많게는 1,000개에 이르
는 알을 낳는다. 어미 거북은 모래 속 깊이 구덩이를 판 다음
100개 정도의 알을 무더기로 낳고 모래를 끌어모아 그 위를
덮어 놓는다. 이런 식으로 열 차례에 걸쳐 알을 낳는다. 무더
기로 낳은 알에서 부화한 새끼 거북들은 어떻게 모래 웅덩이
를 빠져나올까?

학자들이 관찰한 결과 새끼 거북들이 역할을 분담하고 협력
해서 모래를 빠져나온다는 사실이 밝혀졌다. 구덩이에서 막
깨어난 새끼 중 꼭대기에 있는 거북들이 먼저 천장을 파면 가
운데 있는 거북들은 벽을 허문다. 밑에 있는 새끼들은 떨어지
는 모래를 밟아 다지면서 다 함께 모래 밖으로 기어 나온다.

나 혼자 살겠다고 바둥대면 다 함께 죽고 말 것이다. 새끼 거북들은 협력을 통해 구덩이 대탈출에 성공한다. 그리고 '함께' 살아남는다.

진정한 경쟁이란
나 혼자 살겠다는 이기심이 아닌
경쟁자에게 내 것을 주고 협력함으로써
더 큰 것을 얻는 것.

청춘

뛰는 자가 있고 그 위에 나는 자가 있으니 나는 걸어야겠다.
모두 다 잘살려 하니까 나는 멋지게 살아야겠다. 모두 집을
늘리려고 하니까 나는 생각을 확장해야겠다. 생활에 끌려가
기보다는 인생을 누려야겠다.

이런 꿈꾸기, 어떨까. 꿈조차 다른 사람들과 똑같이 꾼다면
너무 재미없다.

청춘은 다름.
나만의 꿈,
나만의 철학,
나만의 행복을 지녔다면
나이를 떠나 청춘.

시 한 편으로

낭만을 찾을 수 있다면

그 또한

나이를 떠나 청춘.

춤

|

산책하다가 정열적인 춤을 추는 사람을 본 적이 있다. 몰려든 구경꾼 중에는 춤의 열정이 전염되어 어깨를 들썩이는 사람도 있었다.

여름은 춤과 참 잘 어울리는 계절이다.

여름의 정열적인 춤, 하면 하와이의 훌라를 떠올리게 된다. 브라질의 삼바도 뒤따른다. 남태평양 지역의 타무레도 여름 냄새가 물씬 난다. 거칠게 울리는 타악기 소리에 맞춰 넓은 해변을 종횡무진 돌아다니면서 추는 춤이다.

하와이의 훌라가 부드러운 춤이라면 타무레는 박력 있는 느낌이다. 여성은 팔목을 부드럽게 돌리는 반면, 남성은 무릎

을 흔들고 거친 외침을 섞어 가며 과격하게 추기 때문에 상
당히 호전적이고 원시적인 힘이 전달된다.

그래서 남태평양에서 타무레를 만나면 어깨에 진 삶의 짐을
다 벗어 버리고 원시적 춤의 율동에 온몸을 맡기고 싶은 강
렬한 유혹에 빠진다고 한다.

춤은 내 영혼의 반란.
몸이 움직이면 영혼도 채워지는 에너지.

남태평양의 그 춤을 상상하며 열정적 에너지를 채워 보면 어
떨까.

January
February
March
April
May
June
July
August
September
October
November
December

민들레

임금님의 정원에서 꽃과 나무들이 말라 가고 있었다. "포도 나무야. 너는 왜 죽으려고 하느냐?" 임금이 놀라 묻자 포도 나무는 대답한다. "저는 사과나 배나 오렌지에 견줄 수 없습니다. 더구나 일어설 수도 없습니다. 가지에 얹혀야 덩굴을 뻗고 제대로 몸을 지탱합니다. 저 같은 것은 없어도 되는 존재입니다." 장미는 이렇게 말한다. "꽃이 시들면 저는 가시 덩굴에 불과합니다." 전나무는 "저는 꽃을 피우지 못합니다." 하며 절망한다.

하지만 모두 시들어 가는 정원에서 홀로 싱싱하게 핀 민들레는 말한다.

"저는 장미가 아닌 것을 한탄하지 않습니다. 포도나무처럼 열매를 맺지 못하는 것을 부끄러워하지 않습니다. 전나무처럼 사시사철 푸르게 서 있지 못함을 슬퍼하지 않습니다. 저는 민들레이기 때문입니다."

결국 그 정원의 마지막 주인 자리는 민들레가 차지하게 되었다는 우화다.

지금 내 모습이 보잘것없다고 낙심하고 있는 건 아닌지. 내 능력은 왜 이 정도밖에 안되는지, 내 삶은 왜 이렇게 하찮은지 절망하고 있지는 않은지.

정원 한 귀퉁이 돌층계 틈의 비좁은 민들레 영토, 그곳에서 민들레는 세계로 나아갈 꿈을 꿨다.

민들레는
내가 나를 사랑하는 일이
좁은 영토를 크게 만드는 비법이라고 알려 주는
인생의 코치.

January
February
March
April
May
June
July
August
September
October
November
December

정情

매혹은 단 한 번 마주친 첫눈에 생겨날 수 있다. 전해 들은 풍문이나 매스컴을 통해 생길 수도 있다.

정은 그렇지 않다. 서로를 알아야 쌓인다. 상대방을 알기 위해서는 시간이 필요하고 어떤 방식으로든 서로 마주쳐야 한다.

매혹은 그 마음에 햇살만 가득하지만 정은 양지와 그늘을 함께 지닌다. 함께 지내고 함께 웃는 것만이 아니라 아프게 헤어지는 것도 정이고 사랑이다. 잠들지 못하고 맞는 새벽에 밝아 오는 창밖을 내다보며 흘리는 눈물까지도 사랑이다. 얼굴을 떠올리면 가슴에서 들리는 바람 소리도 사랑이다.

정은

두 사람이 사연을 만들어 가는 일.

매혹의 감정이 한순간의 바람 같은 것이라면, 정은 시간의 세례와 파도를 겪은 것이다. 매혹은 그 유통기한이 매우 짧지만 정은 가슴속에서 언제나 유효하다.

225

물결

살다 보면 세상과 불화를 겪을 때가 있다. 그럴 때면 누에고
치처럼 껍질로 꽁꽁 자신을 위장한 채 세상과 단절하고 싶어
진다.

만나는 사람도 싫어지고 한 시간이 다르게 숨 가쁘게 변화하
는 세상이 낯설기만 하다. 자꾸 달아나 버리는 꿈도 그만 놓
고 싶고 사랑도 우정도 가족 관계도 모두 힘겹게만 느껴지는
그런 순간이 가끔은 있다.

그렇게 모든 것을 버리고 싶어질 때 산에 오르면 산줄기 따
라 흐르는 물결을 만난다. 세상과 단절하려고 산으로 올라
가는데 물은 세상이 좋다고 세상을 향해 내려가는 것을 보면
마음 한구석이 시큰해진다.

세상에 뭔가 채울 것이 있다는 듯 자꾸만 산 아래 세상으로
흘러가는 물. 그 물은 밑으로 밑으로 흘러가면서, 세상 속으
로 스며들면서 무슨 말을 전하고 싶은 걸까?

물결은
세상에는 당신이 채워야 할 빈자리가 있노라고,
세상에는 당신이 감싸야 할 빈 공간이 있노라고,
그러니 세상과 화해하고 이곳에 사는 사람을 사랑하라고
속삭이는 목소리.

세상 속에 스며들어 물줄기 하나를 이루는 당신은, 가볍게
흐르며 웃는 당신은 참 아름다운 사람이다.

동지

높고 화려한 등대 같던 꿈이 한때 착각처럼 무너지고 마는 인생의 석양 무렵에 나직이 불러 볼 수 있는 사람. 함께 늙어 가는 사람이 있다는 것은 행운이다.

함께 인생의 저녁을 맞을 수 있는 사람, 석양을 함께 바라보 며 낙엽을 밟을 수 있는 사람, 인생의 고비를 돌아보며 손잡 고 남은 길을 걸어갈 수 있는 사람. 그 사람이 있다는 것은 행 복이다.

우리가 사는 동안 가장 중요한 일은 함께 저녁을 맞을 사람 을 만드는 것이 아닐까.

내 삶의 동지는

청춘의 푸른 터널을 함께 건너고
맥박이 뛰는 바다의 파도를 함께 넘고 나서
잔잔해진 바람의 결을
같이 느낄 수 있는 사람.
함께 같은 길을 걸어가는 사람.

그 사람과 어느 날 머리에 내린 하얀 서리를 서로 만져 주며
이렇게 고백해도 좋겠다. 같이 저녁을 맞는 인생의 동지가
당신이라서 참 좋다고.

사람을 만났고
수줍은 시선을 나누었다면
그 시간은 오래오래
마음에 작은 물결을 일으켜 줄 겁니다.
고마운 추억이에요.

혹독한 시련이 있었고
그 고난의 늪을 빠져나왔다면
한계를 극복한 소중한 추억이에요.

오래 증오했던 사람을 용서한 여름.
바닷가 모래밭을 혼자 걸었던 여름.
뜨거운 폭염 속에서 일에 몰두했던 여름.
열병 같은 사랑을 앓았던 여름.
하나의 계절만큼
추억 용량이 늘어 가네요.

적재적소

아버지는 우리 자매를 데리고 외출하는 걸 좋아하셨다. 서울에 볼일이 있어서 오실 때에도 서울 유학 중인 세 자매를 데리고 지인을 만나러 가고 일도 보러 다니셨다.

그런데 그날 무슨 일을 하는지에 따라서 옷차림이 달라야 했다. "어른을 뵈러 갈 건데 옷차림이 어울리지 않는다. 다른 옷으로 갈아입고 오거라." 아버지는 세 딸이 마음에 들지 않는 옷차림을 하고 나서면 여지없이 다시 집으로 돌려보내 옷을 갈아입고 오게 하셨다. 극장에 가는 날에는 극장에 어울리는 옷차림을, 손님을 만나러 가는 날에는 또 그에 어울리는 옷차림을 해야 한다고 하셨다.

교사 일을 그만두고 작가로 데뷔하고 나서였다. "작가가 되고 나서도 교육자 옷차림을 하고 있으면 어떡하냐. 작가면 모습도 작가다워야지. 모자를 써 봐라." 하시는 아버지에게 "겉모습이 뭐가 중요해요?"라고 했다가 꾸중을 들어야 했다.

"얼굴 모습은 바꿀 수 없지만 옷차림은 노력하면 바꿀 수 있다. 네 옷차림으로 그 장소가 빛날 수도 있고 참석한 사람들의 기분이 좋아질 수도, 나빠질 수도 있는 거다."

레스토랑에 앉아 있을 때는 그럴듯한 귀족처럼, 포장마차에서 국수를 먹을 때는 가난한 고학생처럼. 오페라 극장에 갈 때는 고상한 문화인처럼, 록 가수의 공연장에 가서는 들뜬 십대처럼.

사람이 가장 멋있어 보일 때는
그 자리, 그 분위기에 잘 어울릴 때.
적재적소는 옷차림과 마음가짐에도 꼭 필요한 것.

수취인불명

덕수궁 돌담길에 어느 카페가 있었다. 대학 시절 자주 가던 곳이었다. 어느 날 문득 생각나 나도 모르게 발걸음이 그곳으로 향했다.

그런데 업종이 바뀌어 있는 게 아닌가. 카페가 아닌 식당이 되어 있었다. 옛 추억에 이끌리듯 안으로 들어갔다. 안의 분위기는 더 달라져 있었다. 예전에는 조용한 음악이 흐르고 따듯한 조명 아래 커피 향이 가득한 곳이었는데 이제는 시끄럽고 산만한 데다 조명은 차가웠고 역한 음식 냄새로 가득했다.

종업원이 자리를 안내하려는 순간 외쳤다.

"여기가 아니에요!"

죄송하다고 하고는 그곳을 나와 버렸다. 마음 한구석 추억의
자리가 내려앉으며 무릎에 힘이 풀렸다. 눈물이 맺혔다.

어릴 적 살던 집이 이제는 길이 되어 사라지고 없을 때, 오랜
만에 편지를 보냈는데 '수취인불명'이라는 도장이 찍혀서
되돌아올 때, 고마운 인사를 꼭 전하려고 했는데 그 선생님
이 돌아가셨다는 소식을 접했을 때….

내가 찾는 대상이 이제는 사라지고 없을 때의 기분은 말할
수 없이 아쉽고 허망하다. "여기가 아니에요!" 외칠 때 나는
추억을 도둑맞은 기분이었다.

수취인불명은
추억의 분실 통고이자
돌이킬 수 없는 시간의 애달픔.

January
February
March
April
May
June
July
August
September
October
November
December

타임머신

머릿속에서 달력이 거꾸로 펄럭이는 날이 있다. SF 영화의
한 장면처럼 갑자기 세월이 거꾸로 흘러서 단숨에 과거의 어
떤 시간으로 돌아가게 되는 거다. 어떤 때는 초등학교 입학
식장에 손수건을 매달고 서 있는 때로, 또 어떤 때는 설레는
첫 데이트의 현장으로 돌아간다.

타임머신을 타고 과거로 가 볼 수 있다면 어떤 시간, 어떤 장
소, 누구의 곁으로 가고 싶은지.

누군가 물었다. 죽을 때 딱 한 가지 기억을 가져가라고 한다
면 어떤 시간을 꼽고 싶냐고. 문득 빗소리부터 호출되었다.
어머니는 비 오는 날이면 처마 밑에 연탄 화덕을 가져다 놓
고 어린 네 딸을 쪼르르 앉혀 두고는 도넛을 구우셨다. 밀가

루 반죽을 뚝 떼어 주면서 마음대로 모양을 만들라고 하면 우리는 반달 모양, 별 모양을 만들면서 까르르 웃었다.

주룩주룩 내리는 빗소리와 자글자글 도넛 굽는 소리, 비릿한 비 내음과 고소한 도넛 익는 내음이 어우러지는 동안 어머니는 "비가 잘도 내리시네." 하며 시선을 먼 곳에 두셨다.

타임머신은
딱 한 시간만이라도
돌아가고 싶은 순간으로 데려다주는
꿈의 시간 택시.

참 예쁜 우리 엄마, 참 아름다운 비, 참 맛있는 도넛, 참 즐거운 네 자매…. 죽을 때 가져갈 딱 한 가지 기억을 고르라고 하면, 타임머신을 타고 돌아가고 싶은 시간을 고르라고 하면 나는 그 시간을 꼽겠다.

도전

일생에 딱 두 번 전화가 오게 되어 있다고 한다. 꿈을 이룰 수 있는 기회의 전화가. 도전을 하는 자만이 그 전화를 받을 수 있다는 것이다.

인생의 바다에서 순항하려면 선실에 앉아 있지 말고 갑판 위로 올라가 직접 키를 잡으라고 충고한 철학자도 있다. 무슨 일이든 생각만으로는 안 되고 적극적인 실행이 중요하다는 얘기다.

홍신자의 『무엇이든 할 수 있는 자유, 아무것도 하지 않을 자유』에는 이런 글귀도 나온다.

"배는 정박해 있을 때가 가장 안전하다. 그러나 배는 그러라고 있는 것이 아니다."

출항한 배는 위험에 노출된다. 갑자기 풍랑을 만나거나 암초에 부딪칠 수도 있다. 그러나 배는 바다를 항해하기 위해 만들어진 것이지 정박해 있으라고 만든 것이 아니다.

무엇인가에 도전하는 일은 위험을 감수해야 하는 일이다. 파도에 휩쓸리거나 뜻하지 않은 바위를 만날 수도 있으니까. 그러나 실패가 두려워 도전조차 하지 않는다는 것은 실패를 예약해 두는 일과 같다.

도전은
뛰어드는 것.
내 안의 배를 출항시키는 것.

체험보다 뛰어난 기술은 없다. 정박했던 배의 동아줄을 풀고 항해를 시작하자. 주저하지 말고 뛰어들자. 더 용감해지고 조금은 무모해지자.

상

얼마 전 미국의 잡지에 재미있는 기사가 실렸다. 오스카상 수상자와 그들의 수명에 대한 기사였다. 토론토 여성보건과 학센터의 도널드 레델마이어 박사는 몇 년 동안 오스카상 수 상자들의 수명을 연구했다. 상을 받은 배우는 발표 순간까지 표정을 관리하다가 빈손으로 가야 했던 경쟁 배우보다 평균 4년 더 오래 살았다고 한다. 상을 받은 감독들 역시 경쟁 후 보보다 수명이 4~5년 더 긴 것으로 조사됐다.

상을 받은 배우들이 상을 못 받은 배우들보다 더 오래 산다. 이 연구 결과를 보면서 칭찬과 상의 위력을 다시 한번 절감 했다.

상은

꿈을 키우는 배터리.

즐겁게 사는 동력.

만일 다른 사람이 상을 안 주면 내가 나한테 주는 상이라도
만들어야 한다. 매력상, 노력상, 재능상, 성실상, 매너상 등
상의 이름도 만들기 나름이다. 칭찬의 이유도 만들면 다 나
온다.

나에게 무조건 상 주기. 내가 지치지 않고 일하는, 내가 절망
하지 않고 살아가는 비법이다.

바다

바다는 하늘과 태양과 달을 가슴에 안고 파도로 출렁인다.

바다 앞에 서서 두려움을 느끼는 사람은 인생이 두려운 사람. 바다 앞에서 기쁨을 느끼는 사람은 인생이 기쁜 사람. 바다 앞에서 슬픈 사람은 인생을 슬프게 보는 사람. 바다는 마음의 반영이다.

바다는 다중인격자다. 엄마 품처럼 포근하고, 발 담그고 놀고 싶게 하고, 쓸쓸히 미소 짓게 한다. 웅장하고 거칠며 환상과 꿈과 절망으로 뒤척이게 한다.

그러므로 바다에서는 변화무쌍한 나를 들켜도 좋다. 외로울 때는 외롭다고, 괴로울 때는 괴롭다고 토로해도 좋다. 사랑

242

과 미움을 품은 마음을 잠시 들켜도 좋다.

바다는

내 마음의 전신을 비추는 대형 거울.

January

February

March

April

May

June

July

August

September

October

November

December

조화

팝콘은 하얀 눈이 펄펄 내리는 것 같아서 좋고 김밥은 여러 가지 재료가 한 이불을 덮고 있는 것 같아서 좋다. 낙지볶음은 빨간 함박꽃이 핀 것 같아서 좋고 오므라이스는 다 함께 노란 우산을 쓴 것 같아서 좋다. 그렇게 보기만 해도 기분이 좋아지는 음식은 재료가 한데 모여 조화를 이루는 것들이다.

꽃도 그렇다. 작은 송이가 모여 풍성한 조화를 이루는 꽃이 좋다. 여린 잎들이 한 다발 모여 있을 때 더욱 아름다운 안개꽃처럼.

**조화는
작은 것이 한데 모여
아름다운 힘을 가지는 것.**

사람도 마찬가지. 생각만 해도 기분이 좋아지는 사람은 혼자 있을 때보다 사람들과 함께 있을 때 더 아름다운 사람이다. 사람 사이에 부드럽게 섞여 들고 전체를 아름답게 만드는 사람이다.

January

February

March

April

May

June

July

August

September

October

November

December

세트

모든 질서를 관장하는 우주에서는 음과 양이 반드시 세트로 되어 있다. 음지가 있으면 양지가 있고 남자가 있으면 여자가 있으며 바다가 있으면 육지가 있다. 우주는 그렇게 밸런스를 맞추며 운행한다.

그 논리는 우리가 살아가면서 만나는 수많은 문제에도 여지 없이 적용된다. 어떤 문제에는 반드시 그 해결책이 별책 부록으로 딸려 나온다. 절망도 마찬가지. 절망 안에 희망이 세트 상품으로 구성되어 있기 때문에 잘 찾아보면 희망을 꼭 만날 수 있다. 모든 갈등에는 화해의 방법이 반드시 있다. 갈등과 화해 역시 일란성 쌍둥이인 셈이다.

세트는

문제 속에 숨은 해답,

절망 속에 숨은 희망,

갈등 속에 숨은 화해,

그리고 불행 속에 숨은 행복.

숫돌

칼을 가는 숫돌은 참 신기하다. 열심히 문지르면 지저분하고
무딘 칼도 어느새 하얗게 살이 드러나면서 가뿐해지고 신선
해진다. 그 단단한 쇠를 갈아서 다시 제 역할을 할 수 있게 만
들어 주는 것이다.

그런데 잘 들여다보면 무딘 연장을 날카롭게 바꾸는, 쇠보다
단단해 보이는 숫돌도 사실은 보이지 않게 몸이 깎이고 있었
음을 알 수 있다.

인생의 숫돌은
연장을 빛나게 하기 위해서
제 몸이 깎이는 아픔을 견디어 내는
아름다운 희생.

우리 곁에도 숫돌처럼 강한 사람들이 있다. 요술쟁이처럼 내게 필요한 사랑을 주시는 어머니, 언제나 든든하게 웃어 주시는 아버지. 그들은 내가 세상에 쓰일 수 있도록, 쓸 만한 연장으로 만들기 위해 당신의 몸을 스스로 깎고 있었다.

나를 빛내 주려 희생하는 숫돌들의 존재를 가을이 오는 창가에서 가만히 호명해 본다.

다름

가로수 길을 걷다 보면 양쪽으로 쭉 늘어선 나무들이 다 같게 보인다. 그런데 자세히 보면 휘어진 줄기의 모양이 다르고 잎의 모양이 다르다. 한 나무에 달린 잎사귀 수천 개도 얼핏 똑같아 보이지만 단 하나도 같은 잎은 없다. 색채든 모양이든 어느 한 군데가 달라도 다른 것이다.

사람 역시 그렇다. 세상에 나와 똑같은 사람은 존재하지 않는다. 닮은 얼굴이라고 해도, 같은 키로 서 있어도 어딘가 다르다. 일란성 쌍둥이도 행동과 마음은 물론 겉모습 역시 어딘가는 다르다.

그런데 혹시 너는 나와 같아져라, 하고 있는 것은 아닌지. 너는 그 사람과 똑같아져라, 하는 것은 아닌지.

우리가 존재하는 이유는 그 다름에 있는지도 모른다. 남과
다르기 때문에 이 세상에 내가 굳이 존재하는 것이다.

다름은 특별한 것.
이 세상에 오직 하나임을 뜻하는 것.

남과 다른 당신, 그래서 당신은 특별하다.

재능

우리가 가진 능력은 각자 다르다. 수리 능력이 뛰어나서 암
산을 척척 해 내는 사람이 있다. 기억력이 남보다 월등한 사
람, 천재적인 솜씨로 악기를 연주하는 사람, 빠른 속도로 달
리는 사람, 공을 잘 다루는 사람, 장사를 아주 잘하는 사람,
노래를 잘하는 사람, 글을 잘 쓰는 사람, 힘이 세서 무거운 물
건을 척척 드는 사람도 있다. 남다른 능력이 모두 하나씩은
있다.

그중 가장 부러운 것은 세상을 잘 보는 시선을 가진 이, 그 시
선으로 본 것을 빠르게 가슴으로 운반하는 능력이다.

꽃을 '보는' 사람이 있고 '느끼는' 사람이 있다. 사람을 '보
는' 사람이 있고 '만나는' 사람이 있으며 음악을 '듣는' 사람

이 있고 '감상하는' 사람이 있다. 사랑에 '빠지는' 사람이 있고 진정한 사랑을 '하는' 사람이 있다.

우리가 가지고 싶은 최고의 재능은
머리에서 가슴까지의 거리를
빠르게 좁히는 능력.

지금 시선으로 보는 세상과 사람은 어떤 모습을 하고 있는지. 그 좋은 느낌을 가슴으로 빠르게 운반하고 오래오래 잘 간직하기를.

January
February
March
April
May
June
July
August
September
October
November
December

감각기관

술을 마실 때 잔을 부딪치는 것은 귀를 즐겁게 하기 위해서 라고 한다. 술의 맛으로 입이 즐겁고 그 빛깔로 눈이 즐겁고 향기로 코가 즐겁지만 귀는 즐거울 일이 없기 때문에 술잔을 부딪쳐 소리를 내는 것이다.

음악을 들을 때면 귀가 즐거울 뿐 아니라 우리가 지닌 모든 감각이 즐겁다. 악기 소리를 들으면 후각 기능이 가동되기도 한다. 클라리넷 소리를 들으면 숲속에서 나는 싱그러운 냄새 를 맡는 듯하고 저음의 첼로 소리를 들으면 눈물 냄새가 코끝 으로 느껴진다. 하프 소리를 들으면 물 흐르는 소리가 연상되 면서 강물 냄새가 나는 것 같고 피아노 소리를 들으면 빗방울 떨어지는 소리와 함께 자욱한 비 냄새를 느끼게 된다.

그러고 보면 우리 몸의 모든 감각기관은 따로따로가 아니라
서로 연결되어 있는 것 같다.

눈과 귀, 코와 입.
그 고마운 기관들은
서로 협동해서 열심히 느낌을 받아들이고
그 느낌을 부지런히 마음으로 실어 가는
기동력 좋은 감정의 운반 수단.

January
February
March
April
May
June
July
August
September
October
November
December

여유

누구에게나 존경 받는 선배가 있다. 그는 무척 바쁜데도 여
유가 있어 보인다. 그렇게 많은 일을 하면서도 늘 시간의 여
유를 누리는 비결을 물었더니 그는 이렇게 대답했다. "일할
때는 일하지만 놀 때는 다 잊고 놀거든." 바쁘다며 허둥대는
것은 일할 때는 놀 생각을 하고 놀 때는 일 생각을 하기 때문
이 아닐까 잠시 부끄러웠다. 그는 또 큰일을 앞두고도 늘 태
평해 보인다. 결과보다 과정을 중요하게 생각하기 때문인 듯
했다.

여유는
공로는 타인에게 돌리고
잘못은 자신에게 돌리며
일할 때는 열심히 일하고

256

휴식할 때는 철저하게 휴식하고
열심히 일한 뒤 오는 결과는 오직 신의 몫이라며
오늘이라는 시간에 즐겁게 몰입하는 품성.

오늘 하루도 우리가 살아가는 인생의 과정이다. 결과는 신의
몫이지만 과정은 인간의 몫이다. 내게로 배달된 하루, 어떻
게 누리고 있는지.

간이역

우리는 여름과 가을의 경계선을 지나고 있다.

계절의 간이역은
여름이라는 역을 지나
가을에 당도하기 전
잠시 쉬어가는 곳.

칸나, 사루비아, 해바라기 같은 여름꽃은 태양을 먹은 듯 강렬하다. 코스모스, 국화 같은 가을꽃은 바람을 먹은 것처럼 서늘하다.

여름의 매미는 사랑을 갈구하는 날갯짓 소리도 우렁차지만 가을을 알리는 잠자리는 모습조차 가녀리다. 이제 곧 그 잠자리 날개가 보일 테지만 아직은 매미 날개 소리를 엔진으로 삼는 때다.

잠자리가 보이기 시작하면 그때는 가을이라는 느낌이 절실해질 것이다. 지난여름은 위대했다고 기억하기 위해서라도 이 여름을 잘 마무리하고 싶다.

January
February
March
April
May
June
July
August
September
October
November
December

축전

전보를 받아 본 지 참 오래되었다. 오래 지나지 않은 옛날에
는 급한 연락이 있으면 전보를 보냈다. 전보를 받는 시각은
누구도 예측할 수 없었다. 저녁에도 오고 아침에도, 새벽에
도 도착했다.

슬픈 내용을 담은 전보도, 위기 상황을 알리는 전보도 있었
다. 그리고 합격 소식이나 당선 소식을 알리는 기쁜 전보도
있었다. 누군가에게 축하할 일이 있을 때 예쁜 전보 용지에
한 자 한 자 마음을 담아서 축하 전보를 보내기도 했다.

승진을 축하합니다. 합격을 축하합니다. 생신을 축하합니다.

요즘은 휴대폰 문자 메시지로 축하하는 마음이 바로 전해지

지만 예전에는 그렇게 조금 시간이 걸려 당도하는 축전의 낭
만이 있었다.

축전은
눈부신 화살처럼
마음으로 날아오는
꽃다발.

가을에는 축전 같은 일이 당신에게 많이 생겼으면 좋겠다.

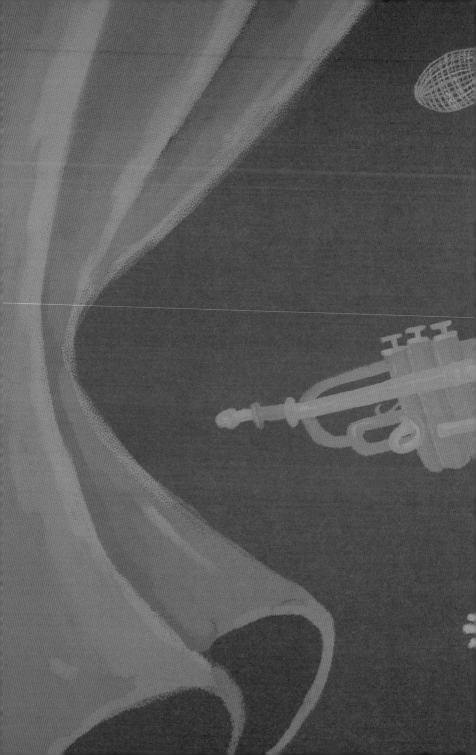

"나는 꽃이에요
잎은 나비에게 주고
꿀은 솔방 벌에게 주고
향기는 바람에게 보냈어요
그래도 난 잃은 건 하나도 없어요
더 많은 열매로 태어날 거예요
가을이 오면"

김용택 시인의 「가을이 오면」이라는 시를
써서 책상 앞에 붙여 둡니다.

피츠제럴드의 『위대한 개츠비』에는
이런 구절도 있지요.

"가을이 돼서 상쾌해지면
인생은 다시 시작되기 마련이야."

9월이에요.
우리 다시 시작할 수 있어요.

가을하늘

목수는 톱을 갈고 연장을 좋은 상태로 보관함으로써 유능한 목수가 될 수 있다. 그는 연습을 반복해 기술을 연마한다. 많이 연습할수록 더 좋은 목수가 되는 것이다. 무용수가 무대 위에서 쉽게 도약하는 듯 보이는 것 역시 사실은 매일 연습하고 엄청난 훈련을 한 결과다.

목수가 유능한 목수가 되는 것처럼, 무용수가 훌륭한 춤을 선보이는 것처럼 행복에도 연습이 필요하다. 그렇다면 우리는 무엇을 연습해야 할까?

우선 자기에게 주어진 것을 사랑하는 일부터 시작하자. 가을 공기를 들이마실 수 있는 내 몸속 폐에도 감사하고 친구의 이름과 전화번호를 기억하는 내 기억력에도 고마움을 느

264

낀다. 이제 곧 조락의 쇼를 보여 줄 나무들, 조만간 낙엽 길을 걸을 수 있다는 기쁨… 이런 것들도 행복해지기 위한 가을의 연습 항목이다.

무엇보다 가을에는 하늘과 더 친해지고 싶다. 하늘에는 어떤 물감으로도 그릴 수 없는 그림, 어떤 렌즈로도 포착할 수 없는 사진, 어떤 문체로도 표현할 수 없는 감동, 저절로 음표가 찍히는 음악, 그리고 용서와 포용의 철학이 있다.

가을하늘을 보면 내 영역에 선을 그으며 아주 작은 것에 연연하는 마음이 부끄러워진다. 타인을 배려하지 못하고 연민을 갖지 못하는 마음이 민망해진다.

가을하늘은
우리 마음을 비추는 거울.
가을하늘은
가장 중요한 행복의 연습 과목.

January
February
March
April
May
June
July
August
September
October
November
December

시간

시간은 원래 자연이라고 한다. 천천히 꽃이 피고 서서히 나무가 자라고 한참이 지나 보석이 되는 것이 시간의 본래 모습이다.

그런데 우리는 그 시간을 천천히 누리지 못하고 빠르게 지나가려고만 한다. 그러니 시간도 덩달아 빨리 달아나는데 우리는 시간이 너무 급하게 간다고 원망한다.

우리 마음에 보폭을 맞춰
어깨를 나란히 하고 걸어가는 시간.

이맘때쯤 드라이브나 산책을 하기에 좋은 곳들, 초가을의 느낌이 채색되어 느리게 걸어야 제맛일 것 같은 장소로는 어디가 있을까.

가을에는 그렇게 '가을 특별구'라고 이름 붙일 만한 장소를
거닐면서 흘러가는 시간의 움직임을 천천히 느끼고 싶다.

January
February
March
April
May
June
July
August
September
October
November
December

이력서

이력서에는 주로 이런 내용이 들어간다. 생년월일과 출생지, 그리고 학력과 경력. 그런데 어떤 작가는 이력서에 이렇게 썼다고 한다.

"자전거 레이서. 평지는 평균 시속 21.5킬로미터. 내리막 최고 시속 54킬로미터."

그렇게 학력이나 경력을 빼고, 직업과 생년월일도 빼고 나의 이력서를 쓴다면 뭐라고 쓰게 될까.

"음악 감상가. 쇼팽의 음악을 들을 때는 눈을 감고 모차르트의 곡을 들으면 커피를 마셔야 한다."

"산책 애호가. 친구와 걷는 것을 좋아하고 저녁 무렵에 동네 산책하는 일을 사랑한다."

이렇게 나만의 특별 이력서를 한번 써 보면 내 삶을 어떻게 살고 있나 돌아보는 계기가 될 듯하다.

우리가 살아가는 동안 정말 중요한 것은 어쩌면 이력서에 들어가는 내용이 아닌지도 모른다.

**내가 좋아하는 것을 쓰고
내가 사랑하는 벗을 쓴
나만의 특별 이력서.**

9푼

우리 선조들의 생활 철학은 '9푼 철학'이었다. 다 채우지 않고 모자란 듯 행하는 9푼 철학.

9푼은
약간 덜 핀 꽃,
조금 덜 익은 과일,
배불리 먹지 않는 밥,
하고 싶은 대로 다 하지 않는 말,
남김없이 누리지 않는 복.

선조들은 찻잔과 술잔에 차와 술을 절반 정도만 채웠다. 달님도 덜 채워진 반달을 좋아하고 그림에서도 항상 여백을 중요하게 생각하는 것이 9푼 철학이다.

마음 쓰 닦음

가득 참보다 약간의 모자람을, 꽉 채운 완벽보다 덜 채운 여운을 더 중요하게 생각했던 9푼 철학. 올가을의 테마로 삼아 보는 건 어떨까.

팀워크

평범한 사람이 비범한 결과를 이루는 일이란 혼자서는 불가
능할지도 모른다. 그러나 평범한 사람이 모이면 비범한 결과
를 이뤄 낼 수 있다.

약한 자가 강한 자를 이기는 일도 한 사람의 힘으로는 어려
울 수 있다. 그러나 약한 자가 모이면 강한 자를 이길 수 있
다. 그것이 팀워크다.

팀워크는
불가능을 가능으로,
평범을 비범으로
바꾸는 힘.

내 인생의 팀워크를 함께한 사람들을 떠올려 본다. 고맙고
고맙다. 다 고맙다.

January

February

March

April

May

June

July

August

September

October

November

December

희망

영화 〈조이 럭 클럽〉에서 어린 딸이 엄마에게 묻는다. "희망이 뭐예요?" 엄마가 대답한다. "희망이란 생일 케이크 촛불을 끄는 일과 같아."

생일 케이크 촛불을 끌 때 우리는 설레고 행복하다. 무언가를 소망하고, 그 소망이 이루어지길 바라는 마음으로 촛불을 끈다. 희망은 그런 것이다.

지금 풀리는 일이 없다고 마음까지 주눅 들 필요 있을까. 춥다고 웅크리면 더 오한이 들지만 춥더라도 일어나 뛰면 이마에 땀이 난다. 운명이 가혹하다며 슬퍼하면 더 눈물이 나지만 이까짓 운명쯤이야, 해 버리면 가뿐해진다. 사랑이 버겁다고 포기하면 이별밖에 남지 않지만 자신 있게 껴안으면 그

274

사랑 이룰 수 있다.

희망은

생에 푸른 깃발을 꽂는 반항 정신.

절대 멈출 수 없는 마음의 직진 신호.

January
February
March
April
May
June
July
August
September
October
November
December

리더

아이젠하워 장군이 끈 하나를 탁자 위에 올려놓고 이렇게 말했다.

"이 끈을 당겨 보세요. 그러면 끈은 얼마든지 당신이 원하는 곳으로 따라갈 것입니다. 그러나 끈을 밀면 아무 데도 가지 못합니다. 사람을 이끌 때의 요령도 이와 같습니다."

한 조직의 책임자로서 '보스'와 '리더'는 서로 많이 다르다. 보스는 강요하지만 리더는 부드럽게 이끈다. 보스는 "나"라고 말하지만 리더는 "우리"라고 말한다. 보스는 가라고 명령하지만 리더는 가자고 권한다.

276

보스는 겁을 주지만 리더는 희망을 준다. 보스는 실수를 비난하지만 리더는 실수를 수정해 준다. 보스는 지루하게 일하지만 리더는 흥미롭게 일한다. 보스는 "예스"라는 말을 듣는 귀 하나뿐이지만 리더는 "노"라는 말을 듣는 귀까지 포함해서 귀가 두 개다.

권위적이고 이기적이며 권력을 추구하는 보스 의식만 가지고는 새로운 시대의 진정한 리더가 될 수 없다.

무력의 힘과 권력의 힘이 아닌
마음의 힘과 정신의 힘이
리더의 조건.

January

February

March

April

May

June

July

August

September

October

November

December

카멜레온

남아프리카의 어느 숲속에 카멜레온들이 평온하게 살고 있었다. 그런데 어느 날 천적이 나타났다. 몸이 녹색인 그들은 나뭇잎에 앉아 있을 때는 눈에 띄지 않았지만 땅에 있을 때는 천적의 레이더에 포착되어 큰 위험에 처했다.

위기를 느낀 카멜레온들은 대응 방법을 모색했다. 여러 가지 시도를 한 결과 땅에 있을 때 몇 가지 동작을 하면 몸이 흙과 같은 색으로 변한다는 사실을 알게 됐다.

그런데 피부색을 바꾸는 기술은 일부만 받아들였다. 대부분은 변화를 원치 않았다. 새로운 기술을 배운 카멜레온들은 새로운 보금자리를 찾아 안전하게 생활할 수 있었다. 그러나 변화를 두려워한 카멜레온들은 천적에게 하나씩 잡히고 말았다.

카멜레온의 정신은

익숙한 것과 결별해야 할 때 두려워하지 않고

변화에 적응하는 자세.

January

February

March

April

May

June

July

August

September

October

November

December

수식어

"너한테 꼭 해 줄 말이 있다." 이렇게 시작되는 말은 막상 들어 보면 별로 중요한 말이 아니다.

"이런 말 한다고 기분 나쁘게 생각하지 마라." 이렇게 시작되는 말은 듣고 나면 기분이 나쁘다.

"이건 비밀인데요."라는 말은 이제 비밀이 아니고 "이번 한 번만 도와주시면" 하고 꺼내는 부탁은 이번 한 번으로 끝나지 않는다.

"결론적으로" 하며 끝나는 말은 무엇에 대한 결론인지 항상 분명하지 않고 "존경하는"이라는 말로 수식되는 대상은 사실은 존경 받는 일이 없다.

없어도 되는데 꼭 덧붙여 남에게 말하는 수식어는

어쩌면 인생에 늘어놓는 나의 변명.

January
February
March
April
May
June
July
August
September
October
November
December

페달

자전거는 페달을 밟지 않고 그대로 있으면 쓰러져 버린다.

인간관계에서 자전거 페달을 밟는다는 것은
서로 보살피고 배려하는 작은 노력.

자전거를 타다 보면 인간관계의 철학뿐 아니라 인생까지 배
우기도 한다. 바람과 함께 나아가면 앞으로 가는 일이 굉장
히 순조롭다. 그런데 방향을 돌려 바람을 거슬러 가기 시작
하면 페달이 굉장히 뻑뻑해진다. 이럴 때 느낀다. 쉽게 살려
면 세상의 바람을 타야 하는구나.

하지만 앉은 몸을 일으켜 안간힘으로 페달을 밟으며 바람과
반대 방향으로 가는 것에도 인생의 묘미는 있다.

지금 당신 인생의 자전거에는 어떤 사람이 앉아 있는지. 그
리고 어떤 삶이 실려 있는지.

신기루

우리는 가끔 허상에 마음이 홀린다. 아스팔트 위를 걸을 때
멀리서 먼지처럼 피어오르는 신기루에 마음을 빼앗기듯이.

우리에게 필요한 신기루는
그 사람을 더 멋지게 보는 마음,
다른 사람을 더 높이 보는 시선,
내 꿈을 더 간절히 소원하는 기도,
이 상황을 더 기쁘게 보는 낙관,
세상을 더 아름답게 간직하는 정신.

신기루는 중국의 상상 속 동물 이무기가 숨을 쉴 때 보이는
공중 누각을 뜻한다. 비록 그런 허상일지라도 우리 마음에는
멋진 신기루 현상이 필요할 때가 있다.

절망적이고 고통스러운 상황에서도 앞으로 나아갈 힘을 주는 신기루 같은 꿈, 신기루 같은 세상, 신기루 같은 사람….

January
February
March
April
May
June
July
August
September
October
November
December

음악

음악을 듣다가 현실을 완전히 망각할 때가 있다. 계절 감각
도 없어지고 내가 지금 어디에, 어떤 시간에 있는지도 잊어
버린다.

한겨울에도 음악 속에서 봄을 만나고 내 방에 앉은 채 북구
의 자작나무 숲을 달려가기도 한다. 어떤 음악을 들으면 마
음 밑바닥에 미세한 파도가 일어나고 어떤 음악을 들으면 옛
날의 기억들이 실타래처럼 풀리며 따라온다.

어떤 음악은 그리운 이가 멀리서 발자국을 찍으며 다가오는
느낌을 주고 어떤 음악은 짙은 안개 속에서 길을 잃어버린
막막한 심경으로 이끈다. 마음에 슬픈 덩어리를 쿵, 던져 놓
기도 하고 시원한 바람을 선물하기도 한다. 마음에 화살처럼

꽂힌 후 영혼을 마구잡이로 흔들어 놓는 음악도 있다.

우리나라의 옛 음악 서적인 『악학궤범』의 서장에는 이런 구절이 나온다.

"음악은 하늘에서 나와 사람에게 머물고 허무에서 발생하여 자연에서 이뤄진다. 그러므로 음악은 마음으로 느끼게 하고 그 혈맥을 뛰게 하며 서로의 정신을 이어지게 만든다."

음악의 본질은 옛날과 지금이 전혀 다르지 않다.

음악은
마음이 느끼고
피가 흐르고
서로의 영혼이 닿게 만드는 것.

눈동자

"눈빛이 불안해 보여요."

내가 들어 본 외모 칭찬 중 가장 마음에 드는 말이다.

눈빛이 가라앉아 안정되기보다 불안하게 일렁인다는 것이
마음에 든다. '사연 있는 눈동자'라는 칭찬도 좋아한다. "눈
에 눈물이 없으면 마음에 무지개가 피지 못한다."라는 인디
언 격언이 있다. 삶의 한 지점에서 눈물을 담아 본 눈을 좋아
한다.

눈은 마음의 침입자다. 눈빛 하나가 마음에 들어오고 나면
마음은 이내 정복되고 만다. 태양처럼 타오르는 눈, 별빛처
럼 빛나는 눈, 꿈꾸는 듯한 눈… 그런 눈빛에 어떻게 매혹되

지 않을 수 있을까.

눈동자는

가장 먼저 마음에 와서 꽂히는 화살.

외모에 대한 내 바람은 단 하나다. 아무리 세월이 흘러도 눈
동자는 나이 들고 싶지 않다.

January

February

March

April

May

June

July

August

September

October

November

December

코스모스

코스모스는 왜 꼭 들길에 피어날까?

그 이유를 알 것 같다. 하늘 좀 올려다보라고 코스모스는 들길에서 살랑살랑 하늘 쪽으로 손을 흔들어 대는 것이다.

코스모스는
하늘에 전하는 안부.

코스모스를 보다가 문득 그리워지는 사람들. 아, 이제 정말 그리운 이들이 지상보다 하늘에 더 많이 살고 있다.

서정주 시인의 시처럼 가을에는 그리운 사람을 그리워하자. 지상의 사람을 그리워한다면 행운이다. 언젠가는 어디서든

만날 수 있으니까.

천상의 사람을 그리워한다면 그 또한 행복이다. 하루에 1센
티미터씩 하늘의 길이 더 투명하게 열릴 테니까.

전환

오랫동안 만나지 못한 친구한테서 전화가 왔다. 얼마나 반갑던지 선물처럼 느껴졌다.

그렇게 우리 삶의 장면을 갑자기 전환하는 요소들이 있다. 아주 오래 기다리다 예상치 못한 순간에 들은 반가운 소식, 골치 아픈 일을 끝내고 잠시 쉬고 있을 때 누군가 내어 주는 따뜻한 차 한 잔, 하늘에서 갑자기 내려 주는 단비, 생각지도 않았는데 꽃다발 하나를 불쑥 내미는 사람, 무심코 켠 라디오에서 흘러나오는 추억이 어린 노래….

전환은
뜻하지 않게 찾아오는
소나기 같은 기쁨들이

삶의 흐린 유리창을
맑게 닦아 주는 순간.

어쩌면 세상 여기저기에는 아주 작은 천사들이 숨어 있는 건 아닐까. 그래서 슬플 때마다 불쑥불쑥 나타나 기쁨을 전해 주는 건 아닐까.

January
February
March
April
May
June
July
August
September
October
November
December

아무리 아름다운 꽃도
시선을 주지 않으면 이제 꽃이 아니다.

아무리 아름다운 노래도
아무런 느낌을 받지 못한다면
이미 노래가 아니다.

계절마다 바뀌는 자연이
기막힌 신의 선물이라고 해도
마음이 움직이지 않으면 선물이 아니다.

아무리 소중한 사람이라고 해도
그 시선이 다른 곳을 향해 있으면
사랑을 줄 수 없다.

지금 이 순간 무엇을 보고 있나?
뭐가 그렇게 중요하기에 그 시선을 옮기지 못하고 있는 걸까?

뒤를 돌아보면 거기
삶의 선물이 있을지도 모르는데,
돌아보면 거기
생의 꽃다발이 놓여 있을지도 모르는데.

커피

"내 정신을 차리게 만드는 것은 진한 커피, 아주 진한 커피다. 커피는 내게 온기를 주고 특별한 힘과 쾌락을 동반한 고통을 불러일으킨다."

나폴레옹 말대로 커피는 우리 정신을 두드려 깨운다.

"악마처럼 검고, 지옥처럼 뜨겁고, 천사처럼 깨끗하고, 사랑처럼 달게."

탈레랑 페리고르가 말한 것처럼 커피는 술보다 더 우리를 취하게 한다.

계절에 따라서 마시고 싶은 커피도 그 종류가 달라진다. 추

January
February
March
April
May
June
July
August
September
October
November
December

운 겨울, 일회용 잔에 커피를 뽑아서 두 손으로 감싸 쥐면 커피는 손바닥 안의 작은 난로가 된다. 봄에 자주 찾게 되는 비엔나커피를 마시면 입안에 솜사탕을 문 것처럼 달콤해진다. 한여름에는 온몸에 전율이 일 정도로 차가운 아이스커피를 마신다. 아이스커피는 몸속의 에어컨이 되어 열을 식혀 준다. 가을이 되면 풍성한 거품이 있는 카푸치노를 주문한다. 파란 하늘 아래 마시는 카푸치노 한 잔은 추억을 마음으로 운반하는 우편배달부가 되어 준다.

이 세상에서 가장 맛있는 커피는 바로 당신과 마시는 커피. 가장 쓴 커피는 당신이 없을 때 마시는 커피. 가장 뜨거운 커피는 당신을 생각하며 마시는 커피.

추운 날 자판기 커피를 손난로 삼아 두 손에 감싸 쥐고 사랑하는 이의 눈을 바라보면 자판기 커피는 마법처럼 변신을 한다. 세계 최고 바리스타가 만든 것보다 더 맛있는 커피로.

커피는 그리움의 호출기.

귀뚜라미

"귀뚜루루루… 귀뚜루루루…
보내는 내 타전 소리가
누구의 마음 하나 울릴 수 있을까?
누구의 가슴 위로 실려 갈 수 있을까?"

안치환의 노래 〈귀뚜라미〉를 듣는 동안에도 귀뚜라미는 열심히 일하는 중이다. 귀뚜루루루… 귀뚜루루루….

귀뚜라미는 가을밤의 명연주가.

귀뚜라미도 매미와 마찬가지로 성대에서 소리를 내는 게 아니라 날개를 부딪쳐 소리를 낸다. 그러니까 '귀뚜라미 우는 소리'가 아니라 '귀뚜라미 날개 부딪치는 소리'인 셈이다.

신기하게도 귀뚜라미 소리를 들으면 지금 기온이 대략 몇 도인가를 알 수 있다고 한다. 13초 동안 귀뚜라미 울음소리의 수를 센 다음 거기에 40을 더하면 현재 화씨 온도와 비슷해진다는 것이다.

플로리다대학의 곤충학자 톰 워커는 이렇게 말했다. "모든 귀뚜라미는 꽤 괜찮은 온도계다. 그들은 온도에 비례한 속도로 날개를 비벼 대어 소리를 낸다."

귀뚜라미들이 내는 소리는 충분히 느리다. 게다가 동시에 연주하면서 서로 속도를 맞춘다. 그러니 주의 깊게 들으려고 하지 않아도 충분히 들을 수가 있다.

이 가을의 손님인 귀뚜라미는 그러고 보면 참 많은 역할을 해 낸다. 가을밤의 고독을 더는 명연주가이기도 하면서 현재 기온을 알려주는 기상통보관이기도 하니까.

January

February

March

April

May

June

July

August

September

October

November

December

나이

가을은 내 나이가 몇인가를 알게 해 준다는 말이 있다. 바쁜 틈에도 문득 내 아이의 나이가 보이고 내 부모의 연세가 떠오르고 오랜만에 친구들에게 전화했다가 새삼 내 나이를 깨닫게 되는 계절이다.

나이는
단지 타인을 거쳐 알게 되는 현재의 주소.

가을에 왠지 허전해지는 것은 한 해가 다 가고 있다는 쓸쓸한 자각이 있기 때문이기도 하다. 연말보다 오히려 가을에 세월이 가는 게 더 많이 느껴지는 것도 사실이다.

세월의 흐름이 예민하게 감지되는 이런 계절에는 캘린더를 자주 보게 된다. 캘린더에 빽빽하게 스케줄을 적기보다는 여백을 훨씬 더 많이 두고 싶어진다.

무료

상가 빌딩에 있는 어느 레스토랑은 장사가 잘 안됐다. 그런
데 1층 엘리베이터의 안내판에 써 붙인 이 한마디로 매출이
급상승했다고 한다.

"야경 무료!"

공짜를 좋아하는 심리와 좋은 경치를 보고 싶어 하는 마음을
잘 포착한 것이다. 그러고 보면 우리 앞에 공짜가 얼마나 많
은지 새삼 느낀다.

삶에서 가장 값진 것은
무료로 누릴 수 있는 것.

가을색이 깊어 가는 나무도, 구름이 머무는 하늘도, 유유히 흘러가는 강물도, 아이의 웃는 얼굴도 모두 무료다. 야경뿐 아니라 아침 풍경과 노을 풍경도, 한낮의 풍경도 공짜다. 그러니 창을 자주 열어 보자. 공짜로 누릴 게 참 많은 가을에는.

January
February
March
April
May
June
July
August
September
October
November
December

모국어

"당신이 좋아하는 낱말 열 개는 무엇입니까?" 이 질문에 알베르 카뮈는 이렇게 대답했다. "세계, 고통, 대지, 어머니, 사람들, 사막, 명예, 비참, 여름, 바다."

우리나라 사람들이 가장 좋아하는 단어를 조사한 결과를 보니 1위는 단연 '어머니'였다. 다음으로는 '사랑'이다. 그렇게 사람들이 좋아하는 낱말은 떠올리기만 해도, 발음하기만 해도 아름다운 것들이다.

어머니, 아버지, 누나, 오빠… 가족을 이르는 낱말은 다 아름답다. 바다, 강, 하늘, 별, 달, 해, 바람, 구름, 나무… 자연을 지칭하는 낱말들도 아름답다. 들으면 기분 좋아지는 우리 낱말은 그밖에도 많다. 미리내, 바람, 여우비, 아람, 여울, 시나

브로, 꿈… 입 밖으로 내면 기분이 참 좋아지는 우리말이다.

글자는 또 어떤가. 한 글자 한 글자 써 보면 서로 안아 주고
기대어 있는 모양이다. 모두 애정 부호 같다. 종이에 멋들어
지게 쓰면 그림이 되기도 한다.

우리 모국어는
사랑을 좋아하고 정이 넘치는
우리나라 사람들에게
아주 딱인 '멜로멜로'한 말.

January
February
March
April
May
June
July
August
September
October
November
December

별자리

단풍과 별들이 땅과 하늘을 아름답게 수놓은 요즘 별자리가 선명하게 보인다.

별자리는 하늘의 지도.

별자리는 아라비아의 양치기들이 맨 처음 만들었다고 한다. 양떼를 몰다가 지루해진 양치기들이 누워서 밤하늘을 보다가 무심하게 가까이 있는 별 몇 개를 이어 보고, 사람이나 동물의 모습을 떠올리며 이름을 붙였다. 하늘의 별자리는 그렇게 만들어진 것이다. 여든여덟 개나 되는 별자리 중 오늘 밤에는 무엇이 선명하게 보일까.

가끔 별똥별이 한 차례씩 떨어진다. 우리가 느끼지 못할 뿐

306

이지 꿈과 낭만, 그리고 과학까지 다 지닌, 아주 신비로운 하늘은 지금도 우리 머리 위에서 축제를 벌이고 있다.

January
February
March
April
May
June
July
August
September
October
November
December

거리감

숲속에서 혼자 고독한 생활을 하며 글을 쓴 작가 헨리 데이비드 소로. 그에게 사람들이 물었다. "이런 곳에 있으면 쓸쓸해져서 사람들이 그립지 않습니까?" 그러자 그는 이렇게 대답했다.

"이 작은 별에서 아무리 떨어져 있다 한들 두 사람의 거리가 얼마나 되겠습니까. 사람을 고독하게 만드는 것은 두 사람 사이에 놓인 공간이 아닙니다."

사람과 사람 사이의 거리감은
공간의 거리로 계산되지 않는 것.
사람을 사랑하는 일은
먼 거리에서도 충분히 가능한 것.

그 사람을 생각 속으로 불러올 수 있고 추억 속에서 그와 함께할 수 있으니까.

두 다리가 아무리 애를 써도 두 마음을 가깝게 할 수는 없고, 달아나려 발버둥 치는 두 다리가 오히려 두 마음을 묶어 놓기도 한다.

오늘

아인슈타인은 말년을 병상에서 보내면서도 연구에 몰두했다. 간호사가 말했다. "이젠 연구를 그만하시지요." 그러자 아인슈타인은 대답했다. "연구를 못 할 바에는 죽는 것이 낫습니다. 성취할 수 없는 인생은 무의미해요. 인생에는 목적이 있어야 해요." "그럼 내일 하시죠."라는 간호사의 간곡한 부탁에 아인슈타인은 이렇게 말하며 잠들었다. "음. 내일이라… 그래, 오늘은 그만해야겠어." 간호사는 잠든 아인슈타인의 손에서 펜을 빼어 원고 위에 놓았고, 다음 날 아인슈타인은 운명했다. 그는 한평생 '오늘'을 살다가 갔다. 그에게 내일은 없었다.

과거는 지나가 버린 애상.
내일은 불확실한 미스터리.

오늘만이 가장 확실한 시간.

우리에게 내일은 없고 오직 오늘만 있다고, 그러니 오늘을
즐겁게 살고 바로 지금 사랑하라고 생을 치열하게 살다 간
사람들이 전한다.

 January
 February
 March
 April
 May
 June
 July
 August
 September
 October
November
December

해법

유능한 야구 선수에게 물었다. "배팅의 비결이 무엇입니까?" 야구 선수는 이렇게 대답했다. "그냥 날아온 공을 힘껏 때리면 되는 겁니다."

능숙한 댄서가 몸치에게 가르친다. "그냥 리듬에 따라 몸을 움직이면 됩니다."

유능한 피아니스트가 초보자에게 이른다. "그냥 악보대로 하면 됩니다."

찌개를 누구보다 잘 끓이는 요리사가 말한다. "그냥 손맛으로 하면 됩니다."

인생도 마찬가지다.

**복잡한 인생의 해법은
그냥 하는 것.**

철학자

물속에 있는 물고기는 어디로든 갈 수 있는 자유와 행복을
누린다. 하지만 물고기는 자신이 자유롭고 행복한 존재라는
사실을 알지 못한다. 사람들이 쳐 놓은 그물에 걸려 땅 위에
올라온 후에야 비로소 그때가 행복했다는 사실을 알게 된다.

행복한 순간에는 행복한 줄을 몰랐다가 그 순간이 지나고 나
서야 '아, 그때 참 행복했는데.' 하며 후회하는 것은 물고기
나 사람이나 다르지 않다. 행복은 그렇게 언제나 떠나가면서
제 모습을 보여준다.

물건도 그렇다. 가지고 있을 때는 모르다가 꼭 잃어버린 후
에야 소중했다는 사실을 알게 된다. 사람도 마찬가지다. 함
께 있을 때는 소중하다는 사실을 알지 못하다가 그가 떠난

후에야 내 인생의 유일한 존재였음을 알고 눈물짓는다.

우리는 그렇게 뒤늦게 깨닫는 느낌의 느림보들이다.

철학자는
지금 행복하다는 사실을 한껏 느끼며 살아가는 이.
곁에 있는 이의 소중함을 맘껏 느끼며 살아가는 이.

감사

파나소닉의 전신인 마쓰시타전기의 창업자이며 '현대 경영의 신'이라고 불리는 마쓰시타 고노스케는 신입 사원 면접 때 반드시 이런 질문을 했다고 한다.

"당신의 인생은 지금까지 운이 좋았다고 생각합니까?"

그는 아무리 우수한 인재라고 해도 운이 좋지 않았다고 대답한 사람은 채용하지 않았다. 반대로 운이 좋았다고 대답하는 사람은 전원 채용했다. 왜 그는 우수한 사람보다 운이 좋다고 생각하는 사람을 선호했을까?

"나는 운이 좋았다."라고 말하는 사람의 마음에는 주변에 감사하는 마음이 반드시 있다고 본 것이다. 주변 사람들의 도움으로 여기까지 왔다고 생각하는 사람, 지금은 우수하지 않더라도 감사의 마음을 지닌 사람은 반드시 좋은 인재로 성장한다는 것이 그의 인사 관리 철학이었다. 그가 채용한 사람들은 정말로 능력을 많이 발휘해서 마쓰시타전기는 괄목할 만한 성장을 했다.

감사는 곧 행운.

같은 질문을 받는다면 우리는 어떻게 대답할까. 나는 운이 좋았다. 내 주변에는 날 도와주는 사람이 많았다. 여기까지 온 것은 내가 잘나서가 아니라 날 돕는 손길이 많아서였다. 그래서 모든 일이, 사람이, 인생이 감사하다. 이렇게 생각한다면 당신은 이미 인생의 승자다.

January

February

March

April

May

June

July

August

September

October

November

December

대차대조표

세월이 갈수록 줄어드는 것과 늘어나는 것이 있다.

금지 사항이 줄어들고 허락되는 것이 많아진다. 낭만이 줄어
드는 대신 머릿속에 계산기가 몇만 대 생성되고 머리숱은 줄
어드는데 눈가의 잔주름은 늘어난다. 하고 싶은 일보다 해야
할 일이 늘어나고 자만심은 줄어드는데 열등감이 늘어난다.
철분은 빠져나가는데 철은 든다.

잃은 것은 무엇이고 얻은 것은 무엇인지 하루하루 작성해
본다.

**인생의 대차대조표는
나이를 잘 먹고 있다는 증명서.**

줄어드는 것도 늘어나는 것도 많아지는 세월이 중추 속으로
쭉 밀려든다.

January
February
March
April
May
June
July
August
September
October
November
December

탁자

어느 작가가 젊은 시절에 이제 본격적으로 살아 보겠다고 다
짐하면서 맨 처음 구입한 게 탁자였다고 한다. '탁자! 이게
내 존재의 중심이 되어 줄 거야.' 그는 정말로 탁자와 친하게
지냈다. 네모난 탁자에서 차도 마시고 신문도 보고 책도 읽
고 생각도 하고….

탁자는
네모난 작은 영토.

커다란 집은 갖지 못해도 그 네모난 작은 영토가 삶의 기쁨
이 되어 주었다.

탁자 앞에 앉아서 책을 읽거나 음악을 듣고 사색도 하던 게

아주 오래전 기억이 되어 버린 분도 많을 것이다. 낡은 밥상 위에 헝겊을 둘러도 좋고 누군가 버린 식탁을 나름대로 꾸며도 좋다. 마음만 먹으면 얼마든지 가질 수 있는 오롯한 나만의 영토를 꾸려 보면 어떨까.

January

February

March

April

May

June

July

August

September

October

November

December

말

우리가 늘 하는 말의 힘은 정말 대단하다. 한마디가 날카로운 칼이 되기도 하고 솜처럼 따뜻하고 부드럽게 상대를 감싸기도 한다.

자신이 독설가임을 자랑삼아 말하는 사람을 종종 본다. 독설이 필요할 때도 물론 있다. 그런데 다른 말을 택할 수는 없는 상황이었는지 점검이 필요하다. 분명히 짚고 넘어가야 하는 문제도 물론 있다. 그러나 꼭 그렇게 날카로운 언어를 골라야 했는지 돌아봐야 한다. 화를 낼 상황도 분명히 있다. 그런데 토머스 제퍼슨은 이렇게 조언한다.

"화가 나거든 무엇인가를 말하거나 행하기 전에 열까지 세어라. 그래도 화가 풀리지 않는다면 백까지 세어라. 그래도 안 되거든 천까지 세어라."

우리가 하는 말 중에는 꼭 아껴야 하는 말도 있고 절대 삼가야 할 말도 있다. 그리고 전혀 아낄 필요가 없는 말이 있다. 전혀 아끼지 않아도 되는 말, 칭찬과 고마움과 사랑의 언어를 많이 전하기를.

말은
날카로운 칼이 될 수도 있는 것.
향기로운 꽃이 될 수도 있는 것.

내가 이 세상에 뱉은 수많은 말은 무엇이 되어 있을까.

January
February
March
April
May
June
July
August
September
October
November
December

처음

초보 운전자는 조심조심, 신중하게 운전한다. 그러니 아주 오랜 운전 경력을 자랑하는데도 초보처럼 운전한다면 그는 분명 일류 운전자다.

처음 만나 사랑할 때는 달도 별도 다 따 줄 것처럼 열정이 넘치는 사랑을 한다. 그러니 오래된 연인이 처음처럼 서로 아낀다면 그들은 분명 천생연분 커플이다.

회사에 처음 입사할 때 그 패기는 하늘 높은 줄 모른다. 그러니 언제나 신입 사원처럼 일한다면 그는 틀림없는 일의 천재다.

신인처럼 설렌다면 그는 언제나 청춘 배우이고 올챙이 적을 생각하는 개구리라면 그는 분명 일급 철학자다.

**처음의 마음을 갖는 것은
세상 최고가 되는 비결.**

최고가 되려면 잊지 말아야 할 한마디, "언제나 처음처럼!"

November

11월은 겸손해서 좋다.
한때를 풍미하던 꽃들도 잎들도
욕심을 버리고 제자리로 돌아가니까.
그렇게 또 다른 세월을 기다리는 마음이 좋다.

11월은 빈 들을 지키는 갈대가 있어서 좋다.
자연의 모든 것이 가장 낮게 몸을 눕힐 때
오히려 하늘을 향해 당당히 서서 나부끼는 갈대.
들판의 방랑자, 그 눈부신 반전이 기분 좋다.

11월은 감사함이 넘쳐 나는 달.
1과 1을 세워 젓가락처럼 쥐고
흥겹게 가락을 치면서
낙엽을 보내고 첫눈을 기다리는 달.
그래서 쓸쓸함조차 즐거운 달.

성냥

프랑스 시인 자크 프레베르는 「밤의 파리」에 이렇게 썼다.

"어둠 속에 하나씩 불붙이는 세 개비 성냥
첫 개비는 너의 얼굴을 모두 보려고
두 번째 개비는 너의 두 눈을 보려고
마지막 개비는 너의 입을 보려고
그리고 송두리째 어둠은
너를 내 품에 안고 그 모두를 기억하려고."

성냥불 하나를 켜서 꺼지기까지의 시간, 얼마나 될까?

**세 개비 성냥불만큼의 시간이
우리가 사는 시간의 길이.**

성냥불이 켜졌다가 꺼지는 그 짧은 순간

황홀하게 타오르는 불빛 아래

오직 내가 사랑하는 사람의 모습을 보는 것.

그것이 인생의 모든 것.

January

February

March

April

May

June

July

August

September

October

November

December

첫사랑

첫사랑이 시작되려는 때에는 그 사람 앞에 나설 용기가 없
다. 첫사랑은 바보처럼 할 말을 하지 못한다. 그저 볼만 붉히
고 괜한 장난을 걸어 본다.

첫사랑은
마음과 몸을
분단 국가로 만들어 버리는
바보 같은 사건.

첫사랑을 떠올리면 풋살구를 깨문 것처럼 입안 가득 신맛이
돈다. 만나면 뭘 해야 하나, 밥을 먹을까, 그냥 걸을까, 영화
를 볼까. 고백은 이렇게 할까, 저렇게 할까. 고민하고 또 고
민한 뒤 마음을 정해 보지만 만나면 아무것도 실행하지 못한

다. 그래서 "이 바보!" 하며 제 머리를 때리게 되는 게 첫사랑이다.

여름 한철 갑자기 쏟아지는 소나기처럼 다가왔다가 소나기처럼 금세 사라지는 첫사랑.

서툴고 수줍고 말 못 하고 애타고… 그렇게 첫사랑으로 가슴이 뜨겁던 그때가 인생의 가장 아름다운 시절, 화양연화였다.

11월

우리가 보는 달력은 서양에서 붙인 각 달의 명칭을 사용한다. 그런데 인디언에게는 각 달을 부르는 이름이 따로 있다. 그들은 풍경의 변화나 마음의 움직임에 따라 이름을 붙였다.

1월은 마음 깊은 곳에 머무는 달, 2월은 홀로 걷는 달, 3월은 마음을 움직이게 하는 달, 4월은 생의 기쁨을 느끼게 하는 달.

5월은 오래전에 죽은 자를 생각하는 달, 6월은 말없이 거미를 바라보게 되는 달, 7월은 사슴이 뿔을 가는 달, 8월은 다른 모든 것을 잊게 하는 달.

9월은 작은 밤나무의 달, 10월은 큰 바람의 달, 11월은 모두 다 사라진 것은 아닌 달, 12월은 침묵하는 달 또는 무소유의 달.

들여다보면 그들이 마음을 움직이게 하는 것에 얼마나 긴밀하게 반응했는지 알 수 있다.

그러고 보면 우리 정서와 참 비슷하다. 정월은 새 희망을 주는 달, 2월은 동동주를 먹는 달, 3월은 처녀 가슴을 태우는 달… 이렇게 노래한 우리 민요를 생각하면 말이다.

11월은 모두 다 사라진 것은 아닌 달.

당신의 안부가 궁금하다.

January

February

March

April

May

June

July

August

September

October

November

December

성숙

성장과 성숙은 다르다. 성장은 자란다는 의미로 쓰이지만 성
숙은 깊어진다는 뜻으로 쓰인다.

성숙은 분노를 참을 줄 아는 마음이고 서로의 차이를 해결
할 줄 아는 능력이다. 그리고 타인을 배려해서 눈앞의 즐거
움을 포기할 줄 아는 마음이자 절망적인 상황에서도 희망을
포기하지 않는 마음이다. 또 성숙은 슬픔을 불만이나 원망
없이 받아들일 줄 아는 마음이다. 그러므로 성숙은 평화와
통한다.

성숙은
마음속 폭풍우를 잠재우고
마음속 전쟁을 가라앉히는 능력.

그래서 성숙은 아름다운 아픔을 동반한다. 당장 누군가에게로 달려가고 싶은 마음을 누를 줄 알게 되는 것 역시 성숙해가는 과정이니까.

순간

누구에게나 어느 날 갑자기 찾아오는 그런 순간들이 있다. 처음으로 아장아장 걷기 시작하는 순간, 처음으로 말을 하게 되는 순간, 사춘기가 되어 턱에 수염이 나는 순간, 첫사랑의 몸살을 앓는 순간, 결혼을 하고 부모가 되는 순간, 이마에 늘어난 주름을 확인하는 순간….

순간은
우리 삶을 이뤄 가는
계단 하나하나.

아니, 생각해 보면 지나온 삶은 차근차근 올라가는 계단보다는 아주 빠르게 움직이는 초고속 에스컬레이터 같았다. 그러니 앞으로 올 순간이라고 다를까. 이러다가 몇 개 되지 않던

흰머리가 검은 머리보다 많아진 걸 발견하는 순간이 오겠지. 틀니가 필요한 순간이 오겠지. 그리고 조용히 생을 반추하는 시간이 다가오겠지.

그때 지난날을 돌아보면 과연 어떤 회한이 찾아올까. 나는 이 점을 가장 후회할 것 같다. 내 인생에 결코 없어서는 안 될 사람을 보내 버린 사실.

재빠르게 스쳐 가는 순간들의 흐름 속에서 가장 소중한 사람은 바로 이 순간에 만나는 사람, 가장 중요한 일은 바로 이 순간에 하는 일이다.

January
February
March
April
May
June
July
August
September
October
November
December

눈물

영화 〈사운드 오브 뮤직〉에서 트랩가※의 장녀인 열여섯 살 소녀 리즐이 묻는다. "누군가 날 사랑하지 않는다면 어떻게 하죠?" 그러자 마리아는 이렇게 대답해 준다. "조금 울다가 다시 해 뜨길 기다리면 되지!"

매일 웃고만 사는 사람이 있을까? 매일 기쁜 사람도 없고 매일 신나는 사람도 없다. 세상 사람 모두가 날 사랑할 수 없고 세상 사람 모두가 날 믿어 주는 일도 없다.

『탈무드』에는 이런 구절이 있다.

"천국의 문은 기도하는 자에게도 열려 있지만 눈물을 흘렸던 자에게도 열려 있다."

지금 흘리는 눈물은

천국의 문을 여는 열쇠.

January
February
March
April
May
June
July
August
September
October
November
December

젠틀맨

남의 잘못을 뒤에서 비방하지 않고 본인에게 부드럽게 충고해 주는 사람, 상대편 선수의 멋진 플레이에 아낌없이 박수를 보내는 스포츠맨, 양보는 즐겨 하지만 끼어들기와 빵빵거리기는 절대 안 하는 드라이버.

일이 벅차지만 항상 웃음으로 시민을 대하는 공무원, 돈 버는 지름길이 뻔히 보여도 옳은 길이 아니면 가지 않는 사업가, 약자에게 강하게 군림하지 않고 이해심과 겸손으로 대하는 사람….

진정한 젠틀맨은 이런 사람이라고 어느 광고에서 그랬다.

스펙이 어떠하든, 나이가 어떠하든, 외모가 어떠하든 진정

340

한 신사란 이런 사람이다.

젠틀맨은
남을 비방하기보다는 자신에게 더 엄격한 사람.
강자에게 비굴하지 않고 약자에게 관대한 사람.
그 어떤 세상의 평이나 모함에도 흔들리지 않고
자신의 길을 꿋꿋이 가는 사람.

January
February
March
April
May
June
July
August
September
October
November
December

곁

떠나는 사람은 인생의 큰 변화를 겪더라도 좋으니 가지 말라고 잡아 주길 원하고, 보내는 사람은 잡고 싶지만 이기적인 것 같아서 웃으며 잘 가라고 손짓하고. 그렇게 헤어진 두 사람은 한때는 막막한 거리감으로, 한때는 더욱 깊어지는 정감으로, 또 한때는 약해지는 마음으로 기다림의 날들을 채워 간다.

기차역이나 버스 정류장 쪽으로 자꾸 발길이 돌아가고 먼 하늘에 날아가는 비행기만 올려다봐도 마음이 아려 온다. 기다림의 시간에는 고통스러운 초침 소리가 물방울처럼 마음에 떨어진다.

릴케는 편지를 많이 쓰던 시인으로 유명하다. 사랑하는 사람과의 먼 거리도 즐길 줄 알았던 시인이다. 하지만 가을이 되면 이렇게 쓴 편지를 보냈다고 한다.

"혼자 있는 게 너무 힘들어요. 하루빨리 내 곁으로 와 주기 바랍니다."

가을은 기다림도 상처가 되는 계절이다.

"올 때쯤이면 오겠지요. 그렇지요?
더군다나 살아가고 있으면야
가슴으로 이 사연 저 사연 나눌 날 오겠지요. 그렇지요?
가을이라서 기다려질 뿐,
올 때쯤이면 오겠지요. 안 그래요?"

하종오 시인의 「그렇지요?」에서처럼 그렇게, 올 때쯤이면 오겠지.

곁을 비워 둔다는 것은
마음속 빈 의자의 주인이 있다는 것.
그 주인을 기다린다는 것.

January
February
March
April
May
June
July
August
September
October
November
December

걱정

혹시 그렇게 되면 어떡하나, 아직 일어나지도 않은 일에 대한 걱정이 40퍼센트. 그때 그러지 말았어야 하는데 왜 그랬을까, 이렇게 과거에 이미 발생한 일이라 손을 쓸 수 없는 걱정이 30퍼센트. 그 사람은 왜 그렇게 살아야 하나, 내가 아무런 도움도 못 되어 줄 타인에 대한 걱정이 12퍼센트. 혹시 중병에 걸린 건 아닐까, 다만 상상으로 그려 보는 질병에 대한 걱정이 10퍼센트.

남은 8퍼센트 정도가
걱정할 가치가 있는 것.
이 또한 신념으로
얼마든지 극복할 수 있는 것.

이것이 우리가 하는 걱정의 실체라고 한다. 그러니까 세상에 걱정할 일은 하나도 없다는 것이 결론이다.

"걱정 끝, 행복 시작!"이라고 쓴 메모지의 뒷면에 사랑하는 이의 사진을 붙이고 자주 들여다보는 건 어떨까.

January
February
March
April
May
June
July
August
September
October
November
December

스타일

『로마인 이야기』를 쓴 시오노 나나미는 스타일리스트를 이렇게 정의했다. "깊이 있는 인격이 저도 모르게 배어 나와 아무것도 하지 않고도 어느새 주위 사람의 관심을 모으는 사람." 진짜가 되려고 의식적으로 노력하지 않아도 진짜인 사람은 누구든 스타일이 있다는 말이다. 스타일은 집안이 어떻다는 말도 아니고 재산의 유무와도 관계없다.

스타일은
바로 개인이 살아가는 방식.

시오노 나나미는 스타일이 있다고 말할 수 있는 사람의 특징을 이렇게 꼽았다.

"연령, 성별, 사회적 지위, 경제 상태에서 자유로울 수 있는 사람. 편견에 치우치지 않는 사람. 마음속 깊은 곳에서 인간성에 부드러운 눈을 돌릴 수 있는 사람. 즉 진짜 휴머니스트."

종합해 보면 스타일이 있는 사람은 몸 전체에서 밝은 빛을 발하는 사람이다. 밝다고 해서 마구 웃어 대는 사람을 말하는 게 아니다. 동작 하나에도 밝은 분위기를 띠는 사람이 진짜 멋쟁이다.

사는 일에 긍정적이면서 타인과 함께 늘 웃는 사람, 다른 사람들에게서 좋은 점을 발견하고 자신의 일을 사랑하는 사람. 이런 사람들 주변에는 늘 사람이 많다. 밝음이란 저항하기 힘든 매력이니까.

운명

사람들에게 운명에 대한 이야기를 즐겨 하는 선사가 있었다. 그의 설법에 크게 감명 받은 어느 신자는 매일 자신의 운명에 기적이 나타나기를 기다렸다. 그런데 아무리 기다려도 기적이 일어나지 않자 선사를 찾아가 물었다. "운명이라는 것이 정말 있는 건가요?" "운명은 있다."는 선사의 대답에 신자는 자신의 운명을 알려 달라고 말했다. 그러자 선사는 그의 왼손을 보며 이렇게 말했다. "잘 보세요. 여기, 가로로 뻗은 선은 애정선입니다. 그리고 여기 이 선은 직업선이고 아래로 길게 뻗은 선은 생명선입니다." 손금 하나하나를 짚어 가며 자세히 설명하던 선사는 그 사람에게 이제 천천히 주먹을 쥐어 보라고 했다. 주먹을 쥔 신자에게 선사는 이렇게 물었다.

"내가 말한 그 선들은 다 어디에 있습니까?"

"제 손안에 있네요."

"그렇습니다. 운명은 결국 자신의 손안에 있는 겁니다."

그 선사가 말한 것처럼 기쁨과 슬픔도, 천국과 지옥도 내 손
안에 있다. 중요한 건 내가 손에 쥔 것 중 무엇을 선택하는가
다. 기쁨인가 좌절인가. 천국인가 지옥인가. 모든 게 거기에
달려 있는 것이다.

운명은

내 손바닥 안에 있는 것.

내가 선택하고 만들어 가는 것.

January
February
March
April
May
June
July
August
September
October
November
December

이벤트

현실은 늘 머리가 아프다. 잘하려고 했던 일이 얽히고 꼬여 뜻밖의 결과를 내기도 하고 행복해지고 싶던 마음이 허탈감과 슬픔으로 채워지기도 한다. 잘 지내고 싶던 사람들과의 관계가 얽히고설켜 서로 얼굴을 붉히는 사이가 되기도 하고 떠나보내고 싶지 않은 사람과 슬픈 작별을 하는 일이 일어나기도 한다. 평화로운 세상을 원하지만 서로의 이익으로 으르렁거리는 세상을 만나야 하고 웃는 얼굴로 대하고 싶은 사람을 마음과 달리 굳은 표정으로 마주하게 되기도 한다.

그렇게 사는 일이 만만치 않을 때, 가슴이 아프고 마음이 텅 비어 갈 때면 소리 내서 좋아하는 단어들을 발음해 보는 건 어떨까. 누구나 기분이 좋아지는 단어들이 있다. 비, 첫눈, 낙엽, 장미, 바람, 풀잎, 커피, 홍차, 테너의 노래, 피아노 건

반, 구름….

행복한 이벤트는
기분 좋은 느낌표를 찍는 말들을
생각나는 대로 입 밖에 내는 것.

비상구

무라카미 하루키는 글을 오래 쓰기 위해서, 그러니까 건강을 위해서 달리기를 시작했다. 나중에는 이 달리기가 생의 즐거움이 되었다. 물론 달리고 싶지 않은 날도 있다고 한다. 하지만 그냥 이렇게 생각한다고.

'뛰는 것은 당연한 일이다!'

밥을 먹는 것처럼, 잠을 자는 것처럼 그에게 달리기는 그냥 일상이다. 인생의 고통과 비교하면 하루 10킬로미터를 달리는 것은 일도 아니었고, 달리면서 고통이 아닌 즐거움을 느끼게 되었던 것이다.

혹자는 그에게 물었다. 유명 작가가 글을 쓸 시간도 충분하

지 않을 텐데 어떻게 달리기를 매일 한 시간씩 하느냐고. 그
러자 그는 이렇게 대답했다.

"그냥 하루가 스물세 시간이라고 생각해 버립니다."

즐거움을 위해서, 신체의 건강과 생의 활력을 위해서 스물네
시간 중에 한 시간쯤 없는 셈 친다고 해서 크게 탈이 날 게 있
느냐는 것이 그의 주장이다.

누구에게나 힘든 일상에 지칠 때 도망갈 수 있는 생의 비상
구가 하나씩 있다. 그 비상구는 누구에게는 백화점이고 다른
누구에게는 콘서트장이다. 또 누군가에게는 운동을 하는 공
간일 수도 있다.

인생의 비상구는
생의 즐거움을 위한 공간이자
생의 활력을 위한 시간.

그곳에 가면 웃을 수 있는, 그 시간에는 숨통이 트이는 당신
생의 모퉁이는 어디인지 궁금하다.

미소

"자본은 필요 없다. 그런데도 이익은 막대하다. 주어도 줄지 않고 받는 자는 풍요해진다."

카네기가 말한 미소의 정의다. 그는 이렇게 덧붙인다.

"한순간 보여 주면 영원히 기억된다. 아무리 부자라도 이것 없이는 살 수 없다. 아무리 가난한 사람도 이것으로 풍요로 워진다."

가정에는 행복을, 장사를 할 때는 호감을, 피곤한 자에게는 레크리에이션의 효과를, 실의에 빠진 사람에게는 빛을 주고 슬픈 사람에게는 태양이, 번민하는 자에게는 자연의 해독제 가 되는 것. 바로 미소다.

미소는

살 수도, 강요할 수도, 빌릴 수도, 훔칠 수도 없는 것.

무상으로 주어야 비로소 가치가 있는 것.

지금 누군가를 향해 웃고 있는지. 미소 짓는 당신은 어두운 사람의 마음에 등불을 켜는 중이다. 컴컴한 세상에 태양을 다는 중이다.

창고

지갑에 돈이 얼마나 들어 있는지에 관계없이, 집이 몇 평인지에 상관없이 내가 아주 부자처럼 느껴지는 때는 언제일까.

커튼 사이로 햇살이 비집고 들어오는 창가에서 적당히 따뜻한 찻잔을 손에 쥐고 있을 때, 방금 나온 소설을 몇 권 사서 들어와 책상 앞에 막 앉았을 때, 평소에 듣고 싶던 음반을 누군가에게서 선물 받았을 때, 꼭 보고 싶던 공연이었는데 누군가가 함께 가자고 했을 때.

드디어 봄꽃이 꽃망울을 맺었노라고 누군가가 소식을 전해올 때, 창밖에 비가 내리는데 책상에 놓인 스탠드 불빛이 안온하게 느껴질 때, 아주 어려운 수학 문제를 하나 풀었을 때, 미워했던 사람을 어렵게 용서했을 때, 오래 만나고 싶었던 친구와 시선을 마주칠 때….

마음의 창고는

삶의 모든 순간이 차곡차곡 쌓이는 곳.

December

마음의 지도가 뚜렷해지는 시간.

내가 정말 원하는 것이 무엇인지
내가 정말 사랑하는 사람이 누구인지
분명해지는 시간.

감성이 풍부해져서
음악의 미세한 숨결까지 느껴지는 시간.

세상 모두를 품을 수 있는 아량이 생기는 시간,
그 어떤 때보다 겸손해지는 시간.

한 해가 다 가는 이 무렵은
한 해 중에
가장 맑은
가장 깊은
가장 낮은
시간입니다.

12월

우리에게 주어진 '인생'이라는 대단락 중 '한 해'라는 중간 단락, '열두 달'이라는 소단락, 그중에 우리가 넘어 버린 열한 개의 징검다리. 이제 그 마지막 열두 번째 징검다리에 막 발을 옮겨 놓는 12월의 첫날이다. 11월을 뜯어 냈더니 이제 캘린더에 마지막 단 한 장 남겨 두고 말았다.

지나간 시간들은 늘 재를 털듯 쉽게 부서져 버린다. 하지만 돌아보면 그 시간을 태운 불덩이는 참 뜨거웠던 것 같다. 12월의 시간들 역시 결국은 부질없는 잿더미로 사라져 버릴 테지만 순간순간 무언가에 뜨겁게 몰입하고 싶다. 그래야 남김없이 태우기라도 할 테니까.

12월의 날들에 기왕이면 가장 명도 높은 오렌지빛 날개를 달

아 보는 건 어떨까. 그래도 이 해의 12분의 1이나 남아 있는
것이다.

12월은
여분의 시간이 아니라
당당한 한복판의 시간.

January
February
March
April
May
June
July
August
September
October
November
December

베풂

어느 수도사가 한 노인에 관한 이야기를 들려 주었다.

어느 날 정원에서 땅을 파는 노인의 모습을 지켜보던 이웃 사람이 물었다. "거기서 뭐 하세요?" 노인은 밝은 얼굴로 대답했다. "망고나무를 심고 있지." "열매를 따 드시려고 심으시는 거예요?" "아니야. 내가 그때까지 살 수야 없지. 하지만 다른 사람들은 살아 있을 거 아닌가. 난 일생 동안 다른 사람이 심어 놓은 망고를 충분히 먹었네. 이제는 내가 베풀어야지."

베풂은
내가 받은 호의와
내가 입은 은혜를

362

다음 세대에 갚는 마음.

그것은 가족 간의 내리사랑에만 있는 게 아닌가 보다. 강처럼 밑으로 흐르는 게 사랑인가 보다. 내가 누릴 수 있었던 것들, 내가 받았던 것들을 하나하나 꼽아 본다. 어떻게 다 갚아야 하나.

구두

추운 겨울, 여자가 마당에 벗어 놓은 구두가 없어졌다. 놀라 바라보는데 거기, 그 남자가 그녀의 구두를 가슴에 품고 있었다.

"발이 시려울까 봐서요."

그 사람이 품었던 구두를 신으니 따뜻했다. 편안했다. 먼 길을 걸어도 피곤할 것 같지 않았다.

구두는

길을 걷는 나를 지탱하는 힘.

문득 그 사람이 인생의 구두가 되어 줄 것 같았다. 여자는 그

남자와 함께 추운 겨울 같은 인생길을 함께 걸어가도 되겠다
싶었다.

밑줄

공부할 때면 노란 형광펜으로 밑줄을 그었다. 형광펜이 지나
간 자리의 까만 글씨는 더욱 선명해지고 머릿속에도 글귀가
또렷하게 새겨졌다.

12월에 들어서면서 문득 그런 생각을 했다. 내 인생에 밑줄
을 긋는다면 어디에 그을 수 있을까. 밑줄을 그을 만한 뜨거
운 사랑, 밑줄을 그을 만한 화려한 성공, 밑줄을 그을 만한 호
쾌한 승리… 과연 내 인생에 그 순간들이 있었을까.

생각해 보니 뜻밖에 아주 많다.

행복한 밑줄은
당신을 만나던 순간,

좋은 음악을 들었던 순간,
괜찮은 오페라를 관람하던 인생의 모든 순간.

노란 형광펜 하나 들고 내 인생의 밑줄 긋기를 시작해 보면
어떤 사람의 생은 샛노란 밑줄로 가득 차고 어떤 사람은 아
무 데도 밑줄을 긋지 못할지도 모른다. 누구나 비슷한 인생
을 살지만 누군가는 인생의 모든 순간이 다 소중했다고 여기
고 다른 누군가는 모든 순간이 부질없었다고 회고한다.

나는 어떤 사람일까.

작별

새로운 다이어리를 샀다. 그리고 지난해 다이어리를 넘겨 보았다. 당신을 처음 만난 날 언저리가 반짝이고 있었다. 한 해 동안 행복했고 기뻤고 설렜고 황홀했고 슬펐고 안타까웠고 아팠고 갈등했고 쓸쓸했다. 이제 새로운 다이어리에 새 기록을 채워 가려 한다. 일종의 이별식이다.

누군가 이별을 이렇게 정의했다. 우리의 사랑 이야기는 300페이지. 하지만 단 두 페이지로 헤어지는, 그것이 이별이라고.

사랑할 때는 수많은 추억을 나눴지만 이별 앞에서 나눌 말은 그리 많지 않다. 이별의 전초전을 치를 때는 수많은 이유와 설득, 맹세와 눈물의 시냇물을 건너야 하지만 막상 이별

을 결정하고 나서는 그저 고마웠다고, 부디 잘 지내라는 말
이 입안에 맴돌 뿐이다.

그러나 이별이 꼭 슬픈 것만은 아니다. 이별한다고 해서 사
랑할 때의 추억마저 잊어버리는 것은 아니기 때문이다. 사랑
하는 순간들은 과거형이 아니다. 가슴에 그 순간들이 살아
있는 한 사랑은 언제나 현재형이다.

작별은
사랑의 엔딩이 아닌
그리워하는 한, 추억하는 한
사랑의 현재진행형.

반전

감기 기운이 있으면 따뜻한 물도 많이 마시게 되고 술도 자제하며 쉬는 시간을 많이 갖게 된다. 그렇게 어느 한구석이 아프면 몸을 조심하기 때문에 오히려 전체적인 건강에 더 좋다고 한다.

고통스러운 이별을 겪고 나면 그다음에는 사람 사이의 관계를 만드는 일에 더 신중해지기 때문에 좋은 만남의 결실을 맺게 된다.

어떤 일에 실패하면 그 원인을 잘 분석해서 다음에는 기회를 잘 포착하게 되고, 한 사람을 미워해 본 사람은 그 미워하는 감정이 얼마나 자신을 해치는지 알기 때문에 더 많이 사랑하게 된다.

이렇게 정반대의 상황을 자주 마주치기에 인생을 반전의 예술이라고 부르나 보다.

인생의 반전은
누가 가져다주지 않는
내 마음속에서 일으키는
예쁜 혁명.

January
February
March
April
May
June
July
August
September
October
November
December

도시락

나는 도시락 욕심이 있다. 예쁜 도시락만 보면 사고 싶어진다. 보온 도시락부터 양은 도시락까지 찬장에 도시락이 가득하다.

산책을 나갈 때면 종종 도시락을 싼다. 특별할 것 없이 집에서 먹는 밥과 반찬을 도시락에 담아 손수건으로 질끈 묶으면 끝! 보온병에 따뜻한 커피까지 챙겨 나서는 산책길은 도시락에 대한 기대 덕분에 꼭 소풍 나온 기분이다.

도시락은 중장년층의 추억.

겨울철 톱밥 난로 위에 쌓아 놓고 데워 먹던 도시락 맛, 김치국물 흘러서 당황하던 기억, 쉬는 시간에 미리 먹어 버리고는 점심시간이 되면 젓가락 물고 이 친구 도시락, 저 친구 도시락을 기웃거리던 기억, 도시락을 가져가지 못해 학교 뒷산에 올라 애꿎은 풀잎만 뽑으며 가난을 원망하던 기억….

도시락에 얽힌 풍경이 이제는 다 사라져 버린 줄로만 알았다. 그런데 최근 도시락을 갖고 다니는 직장인들이 많아졌다고 한다. 점심값이 절약되는 데다 자신에게 맞는 식단으로 건강 관리도 하고 남는 시간에는 산책도 할 수 있어 일석삼조의 기쁨을 준다고 도시락을 지참하는 직장인들은 말한다.

12월의 작은 이벤트로 도시락 선물은 어떨까. 김밥이나 주먹밥을 만들고 도시락 안에 살짝, 하고 싶은 말을 적은 편지 하나 넣어 보는 건 어떨까.

오글거리는 유치함이 가끔은 생활의 풍미를 더하는 향신료가 된다.

January
February
March
April
May
June
July
August
September
October
November
December

쇼팽

쇼팽의 피아노곡을 듣다 보면 꼭 눈물이 난다. 음악을 들으며 눈물이 나는 마음은 슬프다는 감정과 다르다. 때로는 너무 아름다워서, 때로는 너무 애달파서, 추억 때문에, 그리움 때문에 눈물이 흐르기도 한다.

쇼팽의 음악은 눈물 방아쇠.
쇼팽은 눈물 방아쇠를 당기는 사수.

안나 게르만이라는 가수는 〈쇼팽에게 보내는 편지〉라는 노래를 불렀다.

"은하수로부터 밤이 밀려와
반짝이는 장미 잎들이 바람에 흔들립니다.

하지만 이곳을 떠나기 전에
포도주 같은 당신의 음악에 흠뻑 취하고 싶어요.
내 마음속에는 당신의 멜로디가 남아 있습니다."

편지의 수신인인 쇼팽은 1810년 봄에 태어나 1849년 가을에
서른아홉의 나이로 생을 마감했다. 다른 천재들과 마찬가지
로 병고와 요절이라는 짧은 육체적 생애를 남긴 것이다.

쇼팽의 생애는 이 두 가지로 요약된다. 우수에 젖은 음악, 슬
픈 사랑. 쇼팽은 사랑의 실패를 거듭해야 했는데 그중에서도
여섯 살 연상의 작가 조르주 상드와의 러브 스토리는 아주
유명하다. 그때 쇼팽은 이런 글을 남겼다.

"너를 위하여 나는 땅바닥을 기어도 좋다. 나는 너를 위해서
만 살고 싶다."

어쩜 이토록 사랑할 수 있을까. 그의 음악에는 그토록 아픈
육체와 그토록 아픈 사랑이 스며 있다. 파리의 페르 라셰즈
묘지에 잠든 쇼팽은 안나 게르만이 보낸 편지를 받았을까?

January
February
March
April
May
June
July
August
September
October
November
December

건강법

네덜란드의 유명한 의사 베르하이트는 임종할 때 유서를 남겼다. 숨은 건강 비법이 적혀 있다는 그 유서는 무려 700페이지에 달했다. 그런데 가족들이 699페이지를 다 넘길 동안 마주친 것은 백지뿐이었다. 허탈해진 가족들이 "도대체 건강 비법이 어디에 있단 말이야?" 하고 체념하려는 순간, 700페이지에 적힌 글이 나타난다. 거기에는 단 세 마디가 쓰여 있었다. 그가 700페이지짜리 책에 단 세 마디로 남긴 건강의 비법은 바로 이것이다.

훌륭한 건강법은
머리는 차게,
발은 따뜻하게,
밥은 조금만.

욕심을 버리는 것, 단순하게 사는 것. 그 이상의 건강법은 없다. 중간중간 삶의 속도를 점검해 가면서 내 몸에게 "더 일해도 될까?", "더 먹어도 되나?" 물어도 보면서 살자. 우리가 가장 아부해야 하는 대상은 바로 내 몸이기에.

January
February
March
April
May
June
July
August
September
October
November
December

시차

멀리 외국에 나갔다 올 때 가장 괴로운 게 바로 시차다. 밤에는 잠이 오지 않다가 낮에 꾸벅꾸벅 졸기도 하고 엉뚱한 시간에 갑자기 배가 고파지기도 한다.

그런데 하늘을 날아다니는 새들은 시차를 느끼지 않는다고 한다. 우선 그들은 남북으로 이동하기 때문에 시간 변경선을 넘는 일이 없다고 한다. 그리고 비행기는 쉬지 않고 여러 시간 빨리 날아가지만 새는 절대 무리하게 비행하지 않는다. 날다가 지치면 아무 데서 날개를 접고 잠들었다가 날이 밝으면 다시 깨어나 날고… 그렇게 쉬엄쉬엄 자기가 날고 싶을 때 가고 싶은 곳으로 날아간다는 것이다.

인생의 시차를 줄이는 방법은

내가 할 수 있는 일을

나만의 보폭으로 꾸준히 하는 것.

송년회

옷장을 열면 한 해 동안 즐겨 입었던 옷도, 사 놓고 한 번도 안 입은 옷도 보인다. 누군가는 옷장을 보다가 한 번도 입어 주지 않은 티셔츠를 보니 가슴이 아팠다고, 그래서 내년에는 꼭 입어 줘야지 하는 마음이 들었다고 했다.

한 해가 저물어 가는 이맘때면 그렇게 기억의 서랍장을 뒤적이며 뭔가 미진했던 부분을 자꾸 돌아보게 된다. 연락한다고 해 놓고 전화 한 번 못 한 사람, 밥 한 끼 산다는 약속을 끝내 못 지킨 사람, 마음 아프게 해 놓고 기어이 사과를 못 한 사람, 미처 오해를 풀지 못한 사람, 슬픈 일을 당했는데 위로를 못 해 준 사람….

올 한 해도 그렇게 지키지 못한 약속에 대한 미련으로, 언젠

가는 그 약속을 꼭 지키고 싶다는 바람으로 저물어 간다.

진정한 송년회는
한 번도 입지 못한 옷을 꺼내 입어 보는 것처럼
한 번도 만나지 못한 사람들을 만나는 일.

크리스마스

난롯가에 모여 나누는 정담, 오래전 친구에게서 걸려온 세모의 안부 전화, 목도리나 스웨터에서 느껴지는 포근한 감촉, 하늘로 올라가는 하얀 입김, 유리창의 성에… 모두 겨울에야 가능한 일이다. 특히 요즘 같은 크리스마스 시즌에 더 정감이 느껴지는 풍경이다.

크리스마스는
가장 보고 싶은 사람,
가장 듣고 싶은 노래,
가장 하고 싶은 말,
가장 듣고 싶은 말,
가장 받고 싶은 선물,
가장 주고 싶은 선물.

이런 것들을 마음속에 가득 그려 보는 날.
신비로운 꿈을 꾸기에 충분한 날.

지금까지 사는 동안 가장 행복했던 크리스마스는 언제였을
까. 올해 크리스마스에는 그 기록을 깨 보기를. 내 생에 가장
행복한 크리스마스의 기록을.

신뢰

산속의 적은 물리치기 쉬워도 마음속의 적은 물리치기 어렵
다는 말들을 한다. 산적보다 무서운 마음속의 적은 스스로
절망하는 마음이다. 누구에게나 곤경은 다가오는데 어떤 사
람은 당황하며 주저앉고 어떤 사람은 그 속에서 해답을 찾는
다. 어떤 사람은 사방이 다 막혔다고 절망하고 어떤 사람은
위쪽은 언제나 뚫려 있다는 사실을 알고 하늘을 보며 희망을
품는다.

자신에 대한 신뢰는
칫솔과도 같은 것.
정기적으로 사용해야 하는 것.
하지만 남의 것은 절대 쓸 수 없는 것.

이런 스웨덴 속담을 마음에 잘 새겨 두고 싶다.

"두려움은 적게 희망은 많이, 먹기는 적게 씹기는 많이, 푸념은 적게 호흡은 많이, 미움은 적게 사랑은 많이 하라. 그러면 세상의 모든 좋은 것이 당신 것이다."

January

February

March

April

May

June

July

August

September

October

November

December

겨울

창가에 서서 성에가 어린 유리창으로 밖을 내다보면 이상하게도 현실이 아닌 먼 환상 속의 세계에 있는 것처럼 여겨진다. 가끔은 영화 속 한 장면으로 들어온 듯한 환각이 생겨나기도 한다. 〈닥터 지바고〉의 성에 낀 하얀 집으로, 〈러브 스토리〉의 눈싸움 장면 속으로, 〈패밀리 맨〉의 따뜻한 가정으로.

시간적 이동을 할 때도 있다. 때로는 할머니가 화롯불에 밤을 구우며 이야기를 들려 주던 옛날로 가고, 때로는 은발의 나이에 눈 쌓인 거리를 천천히 걸으며 거쳐 온 인생의 고비들을 되새기는 미래의 어느 날로 간다.

겨울은 공상의 계절.

겨울의 공상은 아름답다. 회상 속 과거는 아련하고 상상으로
당도한 미래에는 좋은 이들이 함께한다. 그래서 한결 포근해
지는 겨울이다.

January
February
March
April
May
June
July
August
September
October
November
December

축제

"행복한가요?"라고 물으면 단번에 그렇다고 대답할 수 있는 사람이 몇이나 될까? 에밀 아자르의 『자기 앞의 생』 속 이 구절에 고개를 끄덕이게 된다.

"암만 생각해도 이상한 건 인간 안에 붙박이장처럼 눈물이 내포되어 있다는 것이다. 그러니까 인간은 원래 울게 되어 있는 것이다."

슬픔 없는 인생이 어디 있으랴. 두려움 없는 생이 또 어디 있으랴. 그렇다면 눈물과 불안의 고비에서 우리는 어떻게 자기 앞의 생과 맞닥뜨려야 할까.

심장 어딘가에서 가동을 멈춰 버린 설렘을 다시 움직여 인생의 르네상스를 열어야 한다. 그래야 다시 행복할 수 있다. 그래야 삶의 마지막에 다다랐을 때 내 삶을 향해 미소 지을 수 있다.

한 해가 다 가 버리기 전에 꼭 하고 싶은 일들을 정리해 본다.

내가 사는 동네를 천천히 걸어 보고 싶다. 창을 열고 내가 사는 세상의 공기를 한껏 호흡해 보고 싶다. 휴대폰 속에서 오래 잊힌 이름 하나를 발견하고 그에게 안부를 전하고 싶다. 한 해 동안 고마웠던 분들에게 손으로 쓴 연하장을 부치고 싶다. 벽에 걸린 묵은 캘린더를 떼어 내며 행복했던 일들을 회고하고 새로운 캘린더를 걸고 싶다.

그리고 릴케의 시집 제목을 새해 희망의 제목으로 삼고 싶다.

나에게 축제, 당신에게도 축제.

하루 또 하루

초판 1쇄 발행 | 2025년 2월 24일

지은이 | 송정림

편집 | 김유정, 조나리
디자인 | 박준기
그린이 | 견혜경

펴낸이 | 김유정
펴낸곳 | yeondoo
등록 | 2017년 5월 22일 제300-2017-69호
주소 | 서울시 종로구 부암동 208-13
팩스 | 02-6338-7580
메일 | 11lily@daum.net

ISBN | 979-11-91840-46-9 (03810)